絕對實用!

韓國人天天說的

生活韓語

韓語教育權威 **王俊教授** 著

中國文化大學韓語系 **資深教授 林秋山** 推薦

最適合初學者學習進修用的生活韓語

自從「韓流」吹進台灣後，學習韓國語文一時蔚為風氣，不但各大學紛紛開班授課，像中南部的高雄大學、靜宜大學是也，連補習班也延聘名師授課，出版社也不甘落後，出版各種韓語書刊應付市場需求，可見其受歡迎與重視程度，現在念韓文不再像早年怕人笑，還以能講幾句韓語為傲。想當年，我當文化韓文系主任時，曾有一個年級剩下七、八名學生時，還有人要轉出去，今天他們看到當年留下來的同學現在個個當官、當專家，他們後悔了，羨慕了，悔不當初了，今天文化韓文系不但是外語學院最夯的一系，據說招收一名轉系（轉學）生，竟有四十五名前來報名，可見人氣之旺，極一時之盛，真是三年河東轉河西，你說，是、不是？

說到「韓流」，我想多講幾句話。雖然有人說韓流是最近一、二十年之事，但我說應該是更早、更早就吹進來了，而且燒起第一把火的人不是別人，還應是留學韓國的我引起的。

民國五十四年十月留韓歸國不久，政府為復興中華文化，於教育部設立文化局負責文化復興、文藝活動、廣播電視與電影工作，我應首任局長王洪鈞教授之邀，擔任電影處的檢查科長兼專門委員，代理處長一段時間後真除。在那段時間促成了中央女高的交響樂團，幾個忘記其名之兒童合唱團與舞蹈團來華表演，培養大家對韓國藝術表演的認識與興趣，更重要的是，實施「文化專約國家影片交換進口辦法」引進當年膾炙人口的電影片，像《紅巾特攻隊》、《穿黃襯衫的俊男》、《秋霜寸草心》、《淚的小花》……等等，都盛極一時，歷久不衰，一上映就是幾個月，形成一股韓流，他們應該是韓流的先鋒，今天六十歲以上的人應該還有些記憶。

韓國原來是個只有語言沒有文字的國家，自古以來，借用漢文以記載生活百態，說到韓文的歷史並不算短，在朝鮮朝第四代世宗大王（公元一四一九至一四五〇在位）於一四四三年創制「訓民正音」（現稱**한글**，即韓文），是一種表音文字，初時共有二十八個字母，其中十一個母音、十七個子音，沿用迄今，只剩下常用的十個母音和十四個子音。

　　一九四八年將十月九日訂定為**한글날**「韓文節」，並公佈韓文專用法，規定「公用文書」應專用韓文，遂引起專用韓文與韓、漢文併用兩派學者之爭，迄今猶爭論不休，可見漢文影響之深遠。

　　本書作者王俊教授是國立政治大學東語系韓文組第二屆畢業生，晚我兩屆，是國內最早考取朴正熙大統領獎學金（後改為韓國政府獎學金）前往韓國國立首爾大學留學，在國語國文學科研究韓國語學，學成歸國後在母校韓文系任教，當年在政大我雖就讀新聞系，但韓文課沒有少上一堂，因此從早認識，深知王教授成績優秀，為人忠誠熱心，做事認真負責，是一位難得的人才，也是政大韓文系初期畢業生中，專任教職以至於退休的第一位，是一位有始有終的傑出學者。

　　王教授所著《韓國人天天說的生活韓語》，內容充實，適合初學者學習進修之用。推廣韓國語文教育，研究韓國問題也是我終身之職志，今日看到眾多後起之秀群起學習韓國語文，內心甚感高興，樂綴往事數語以為薦介，冀其能有助本書之廣泛流傳。

林 秋山

2013 年 5 月 於芝山岩寓所

融入韓國人食衣住行育樂的
實用生活韓語

　　去年《韓語900：句法‧句型讀這本就好了！》完稿時王社長邀
我寫《韓國人天天說的生活韓語》，本以為很快可以完成，沒想到越
寫越覺得其範圍太廣，食衣住行育樂等等幾乎全可包括在內，於是從
基礎篇、交際篇寫到場景篇，又寫了口語體的應用篇共五十個單元。
每個單元包含有對話、語彙、解說、練習等，應用篇中還加上了補充
語彙，使學習者增加更多的現代用語。另外在練習中加入了韓國的俗
談與中國的俗語、諺語等的對照練習，可以提升翻譯的能力。

　　學習外語看重正確的發音，這是很要緊的，否則你就學不道地。
許多語言中都有舌顫音（trill or flapped），如果你不會發，就學不像
那國人講的話。韓國語中雖然沒有舌顫音，但舌端音，特別是半舌音
「ㄹ」用得頗多。還有很多音變，它是發音時所生的變換。例如**집일**
不唸成**지빌**，而是唸**짐닐**才正確。再如**며칠**，不能寫成**몇일**，因為按
發音規則，規定有意義的兩個字合成為一個單語時要各自獨立發音，
那**몇일**就讀成**몔일 / 며딜 /**而非**며칠**，在意義上就會引起誤解或聽不
懂的情況。

　　在韓語中還有一個重要項目是敬語法，也稱為尊待法、尊卑法或

待遇法。這是學習韓語者必須要懂得如何去運用的，否則你可能會因用錯而鬧笑話。例如對晚輩、小孩或自己，在話語中不可加用「시」，也不使用敬語。這點學習者在實際應用時必須注意，而在第一篇第六單元的解說中也有用法的說明。

　　本書稿由政大韓語系陳儀蔓、陸如儀兩位同學完成電子檔。瑞蘭公司出版部呂依臻、周羽恩兩位文字編輯、美術編輯、還有王社長，對於他們的用心與辛勞深深致上謝意。最後要特別感謝林秋山博士在百忙中為本書撰寫序文。林教授是國內外知名的韓國學專家。對於韓國問題、北韓問題皆有深入的研究，現仍為文大韓語系專任教授。林教授曾當選過增額國大代表、第二、三屆監察委員。自民國 86 年起即擔任中韓文化基金會董事長，與韓國韓中教育基金會的交流互訪未曾間斷過，這真是中韓文化交流的一大功績。

王力發

2013 年 5 月 於木柵

1 本書四大單元，50 個主題，讓你知道韓國人天天說什麼：

CH1「基礎篇」：

由淺入深的生活韓語，即使是初學者，也能立即開口說。

CH2「交際篇」：

收錄 15 個最常聊到的生活話題，有助於社交、人際關係，工作更能得心應手。

CH3「場景篇」：

收錄生活中密不可分的 15 個場景會話，無論是機場、飯店、郵局、銀行等場所，都可以輕鬆開口說。

CH4「口語體해與해요應用篇」：

擺脫課本制式冗長無趣的學習方式，除了正式場合中的用法，學校學不到的生活口語也完整收錄。

2 四大單元均有以下內容，讓你韓語聽、説、讀、寫一把罩：

■ MP3 序號：
跟著韓籍老師開口練習，自然而然説出最道地的韓語！

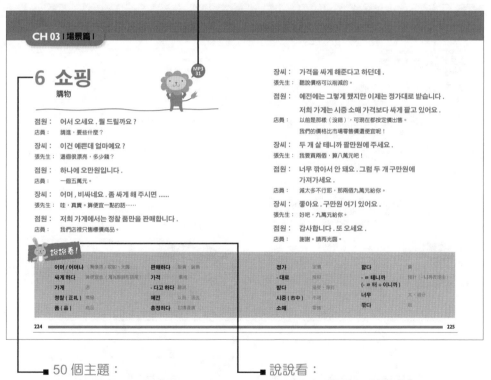

6 쇼핑
購物

점원：	어서 오세요. 뭘 드릴까요 ?	
店員：	請進，要些什麼？	
장씨：	이건 예쁜데 얼마예요 ?	
張先生：	這個很漂亮，多少錢？	
점원：	하나에 오만원입니다.	
店員：	一個五萬元。	
장씨：	어머, 비싸네요. 좀 싸게 해 주시면 ……	
張先生：	哇，真貴。算便宜一點的話……	
점원：	저희 가게에서는 정찰 품만을 판매합니다.	
店員：	我們店裡只售標價商品。	

장씨：	가격을 싸게 해준다고 하던데 .
張先生：	聽說價格可以削減的。
점원：	예전에는 그렇게 했지만 이제는 정가대로 받습니다 . 저희 가게는 시중 소매 가격보다 싸게 팔고 있어요 .
店員：	以前是那樣（沒錯），可現在都按定價出售。我們的價格比市場零售價還便宜呢！
장씨：	두 개 살 테니까 팔만원에 주세요 .
張先生：	我要買兩個，算八萬元吧！
점원：	너무 깎아서 안 돼요. 그럼 두 개 구만원에 가져가세요 .
店員：	減太多不行耶，那兩個九萬元給你。
장씨：	좋아요. 구만원 여기 있어요 .
張先生：	好吧，九萬元給你。
점원：	감사합니다. 또 오세요 .
店員：	謝謝。請再光臨。

說說看！

어머 / 어머나	驚嘆詞：哎喲、天啊	판매하다	則賣、銷售	정가	定價	팔다	賣
싸게 하다	降便宜些〔有討價還價語氣〕	가격	價格	- 대로	按照	- ㄹ 테니까 (- ㄹ 터 + 이니까)	預計〔- 니까表理由〕
가게	店	- 다고 하다	聽說	받다	接受、領取	너무	太、過分
정찰〔正札〕	標價	예전	以前、過去	시중〔市中〕	市場	깎다	削
품〔品〕	商品	흥정하다	討價還實	소매	零售		

224 — 225

■ 50 個主題：
各種生活中會遇到的情況，讀者可因應各種場合，靈活運用！

■ 說說看：
每單元附上學習主題中的單字，增加讀者韓語學習單字量！

2 四大單元均有以下內容，
讓你韓語聽、說、讀、寫一把罩：

解釋給你聽：
每單元老師皆有精闢解說，建構讀
者紮實的文法基礎。

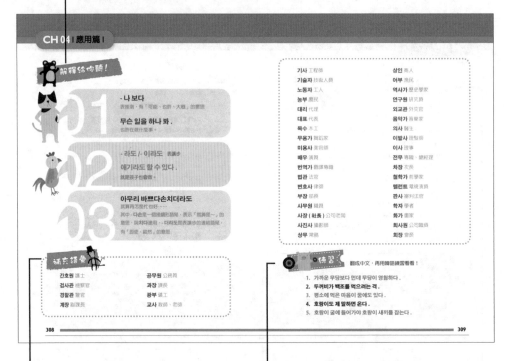

CH 04｜應用篇｜

解釋給你聽！

01

- 나 보다
表推測，為「可能、也許、大概」的意思

무슨 일을 하나 봐.
也許在做什麼事。

02

- 라도 /- 이라도 表讓步

얘기라도 할 수 있다.
就是孩子也會做。

03

아무리 바쁘다손치더라도
就算再忙碌代也好……

其中 - 다손是一個假設形語尾，表示「就算是～」的
意思，與其他連語。- 더라도也是表讓步的連結語尾，
有「即使、縱然」的意思

補充語彙

간호원 護士	공무원 公務員
검사관 檢察官	과장 課長
경찰관 警官	공부 工友
계장 副課長	교사 教師、老師

기사 工程師	상인 商人
기술자 技術人員	어부 漁民
노동자 工人	역사가 歷史學家
농부 農民	연구원 研究員
대리 代理	외교관 外交官
대표 代表	음악가 音樂家
목수 木工	의사 醫生
무용가 舞蹈家	이발사 理髮師
미용사 美容師	이사 理事
배우 演員	전무 專職、總經理
번역가 翻譯專職	차장 次長
법관 法官	철학가 哲學家
변호사 律師	탤런트 電視演員
부장 部長	판사 審判法官
사무원 職員	학자 學者
사장 (社長) 公司老闆	화가 畫家
사진가 攝影師	회사원 公司職員
상무 常務	회장 會長

練習

翻成中文，再用韓語練習看看！

1. 가까운 무당보다 먼데 무당이 영험하다.
2. **두꺼비가 백조를 먹으려는 격.**
3. 평소에 먹은 마음이 꿈에도 있다.
4. **호랑이도 제 말하면 온다.**
5. 호랑이 굴에 들어가야 호랑이 새끼를 잡는다.

補充語彙：
第四單元特別加入現代人生活中
不可或缺的應用單字，如 3C 電
子產品、貿易實務、職業……等
相關語彙，學韓語也要跟得上時
代！

用韓語練習看看：
讀者可藉此練習「韓翻中」
或「韓語問答」，大幅提升
實力。

3 豐富實用的附錄，讓你洞察韓國現況：

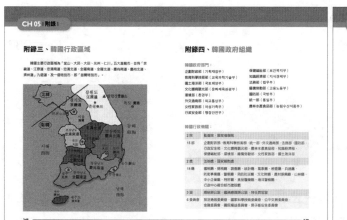

特別收錄：

「語彙索引」、「練習之中譯」、「韓國行政區域」、「韓國政府組織」、「韓國的學制及現行教育制度的特色」等豐富內容，讓學習更加確實！

Contents | 目錄 |

CH 1 基礎篇

CH 2 交際篇

CH 3 場景篇

Contents ㅣ目錄ㅣ

CH 4 口語體해與해요應用篇

附錄

CH 01

| 基礎篇 |

1 매일 하는 말

每天都用得到的話！（一）

MP3 01

1. 안녕하십니까？ / 안녕하세요？ 你好嗎？

2. 예 , 안녕하세요 ? 好，你好嗎？

3. 안녕히 주무셨어요 ? / 잘 잤어요 ! 早安！

4. 안녕히 주무세요 !/ 편히 주무세요 ! 晚安！

5. 감사합니다 ./ 고맙습니다 ./ 고마워요 . 謝謝！

   대단히 감사합니다 ./ 아주 고맙습니다 . 多謝你！

說說看！

안녕 (安寧)！	你好、再見！	감사 (感謝) 하다	感謝
주무시다	睡（敬語）	고맙다	感謝、謝謝
자다	睡	걸리다	花費（時間）
잘	好好地、充分地	- 지 않다	不～（表否定）
편히	平安地、舒適地	너무	太、過分

6. 미안합니다 ./ 미안해요 . 對不起／不好意思。

7. 죄송합니다 . 罪過罪過！

8. 잠깐 실례합니다 . 抱歉，離開一下。

9. 잠깐 기다리세요 . 請等一下。

10. 오래 걸리지 않아요 . 不會久的（一下就好）。

11. 너무 기다리게 해서 미안합니다 . 對不起讓你久等了。

12. 늦게 와서 미안합니다 . 對不起來晚了。

13. 마침 집에 없어서 참 미안했어요 . 剛好不在家，真抱歉。

14. 말씀 중에 죄송합니다 . 抱歉打斷你說話。

15. 별 말씀을 다 하십니다 ./ 천만에요 . 哪兒的話。

- 게 하다	使動	대단히	很、非常
늦다	遲的、晚的	미안 (未安) 하다	對不起、不好意思
마침	正好	죄송하다	罪過、抱歉
천만	千萬	잠깐 (暫間)	（口語）暫時、一下、一會兒
괜찮다	不要緊的、沒關係的	실례 (失禮) 하다	失禮

16. 괜찮습니다 . 沒關係。

17. 뭘요 . 아무렇지도 않습니다 ./ 뭘요 . 대단치 않아요 .

　　哪裡，不算什麼。

18. 괜찮습니다 . 염려마세요 . 不要緊，請別在意。

19. 오히려 제가 사과해야 마땅하죠 . 該道歉的是我。

20. 안녕히 가세요 ! 再見 (好走好走) !

　　안녕히 계세요 ! 再見 (請留步) !

　　또 뵙겠습니다 . 再見 !

　　또 봐요 . 再見 !

說說看！

기다리다	等候	사과 (謝過) 하다	道歉
오래	久、長時間	- 야 하다	應該、必須
아무렇다	怎麼樣、任何的	계시다	在、待
염려 (念慮)	在意、擔心	만나다	遇見、見面
오히려	反而	뵈다 / 보이다	使看、被看

1. 안녕하십니까 ? / 안녕하세요 ? 「你好嗎？」是正式且尊敬的問候話，任何時間見面都能用

2. 천만에요 ./ 천만의 말씀입니다 . 「哪裡哪裡 / 哪兒的話！」是尊敬且禮貌的回答用語

3. 미안합니다 . 在道歉或是表示難過、遺憾時用

4. 잠깐 기다리세요 . 請等一等。
   잠깐 기다려 주십시요 . 「請稍微等一下！」是更禮貌的說法

5. - 게 하다 使得、使之發生、讓、叫～
   아이한테 우유를 마시게 했어요 . 我讓孩子喝了牛乳。
   학생에게 공부하게 하세요 . 請叫學生用功念書。

6. - 어야 하다 表應該、必須
   나는 편지를 써야 한다 . 我得寫封信。
   지금 공부를 해야 해요 . 我現在必須用功。
   이 책을 읽어야 합니다 . 我得讀這本書。
   그것을 사려면 돈이 있어야 합니다 . 想買那個的話，必須有錢才行。

 練習 翻成中文，再用韓語練習看看！

1. 안녕하세요 ? 어디 가십니까 ?

2. **안녕하십니까 ? 전 학교에 가는 길입니다 .**

3. 언제 산책하십니까 ?

4. **아침에나 저녁에 산책합니다 .**

5. 언제 집에 돌아와요 ?

2 매일 하는 말

每天都用得到的話！（二）

1. **아십니까 ?** 你知道嗎？

2. **예 , 압니다 ./ 알겠습니다 .** 是的，我知道。

3. **아니요 . 모릅니다 ./ 모르겠습니다 .** 不，我不知道。

4. **있습니까 ?** 有嗎？
   네 , 있습니다 . 有，我有。
   아니요 , 없습니다 . 不，我沒有。

5. **시간이 있습니까 ? / 틈이 있어요 ?** 有時間嗎？
   펜이 있어요 ? 有筆嗎？
   돈이 있어요 ? 有錢嗎？

說說看！

알다 , 압니다	知道	**못하다**	不能
아십니까 ?	知道嗎？	**- (이) 라고 하다**	叫做～
있다	有	**펜 (pen)**	筆
틈	空間、空隙、空間、時間	**아이 , 애기**	小孩
할 수 없다	無法、不會	**여기**	這裡

아이가 있어요 ? 有孩子嗎？

6. 어디 ? 어디 있어요 ? 哪裡？在哪裡？

7. 여기 있어요 . 在這裡。
거기 있어요 . 在那裡。

8. 어디 가십니까 ? 要到哪裡去？

9. 어디서 오셨어요 ? （您）從哪裡來？

10. 할 수 있습니까 ? 可以嗎？會嗎？
할 수 없습니다 . 不可以、不會。

11. 한국말 할수있습니까 ? / 한국말 할줄압니까 ? 會說韓語嗎？
아니요 , 한국말 못합니다 . 不，不會說韓語。

12. 저를 가르쳐 주실 수 있어요 ? 可以教我嗎？
저에게 한국말을 가르쳐 주시겠어요 ? 要教我韓語嗎？

13. 이것은 한국말로 무엇이라고 합니까 ? 這個韓語叫什麼？

저기	那裡（遠）	모르다 , 모릅니다	不知道
좋아하다	喜歡	모르십니까 ?	不知道嗎？
싫어하다	討厭、不喜歡	없다	無
잠시 후 , 이따가	待會兒	할 수 있다	可以、會
알려 주다 , 알려 드리다	奉告	- ㄹ 줄 알다	知道做～的方法、會～

14. **한국말로 어떻게 합니까?** 用韓語怎麼說？

15. **이것이 좋습니까?** 這個好嗎？
    예 , 좋습니다 . 是，好。
    아니요 , 좋지 않습니다 . 不，不好。

16. **좋아하십니까?** 喜歡嗎？
    네 , 좋아합니다 . / 좋아해요 . 是的，喜歡。
    아니요 , 좋아하지 않습니다 . / 좋아하지 않아요 . 不，不喜歡。

17. **이것을 좋아합니다 .** （我）喜歡這個。
    (나는) 그것을 싫어해요 . 我不喜歡那個。

18. **어느 것이 더 좋습니까?** 哪一樣更好呢？

19. **어느 것을 더 좋아합니까?** 更喜歡哪一樣呢？

20. **나중에 알려 드리겠습니다 .** 以後再告訴你。
    잠시 후에 알려 드리겠어요 . 待會兒再告訴你。

說說看！

가르치다	教	**좋다**	好的
어떻게 (어떠하게)	如何	**싫다**	不好的、討厭的
돈	錢	**나중에**	以後
어디	哪裡	**알리다**	使知
거기	那裡（近）		

1. ㄹ動詞在活用時，當ㄹ接ㄴ、ㅂ、ㅅ、오時，「ㄹ」脫落

　알다（知）：안다, 압니다, 아십나까, 아오

　놀다（玩）：논다, 놉나다, 노시다, 노오

2. 르動詞在活用時，末音「으」脫落，再添加一個「ㄹ」

　모르다（不知）：모르 + 아 → 몰라

　부르다（叫）　：부르 + 어 → 불러

　다르다（不同）：다르 + 아 → 달라

3. 여기, 거기, 저기　這兒、那兒（近）、那兒（遠）

　이것, 그것, 저것　這個、那個（近）、那個（遠）

4. 할 수 있다 / 할 수 없다　可以／不可以（指人的能力之可及不可及或有無可能性）

　그것은 내가 할 수 있는 일이다.　那是我可以做的工作。

　내일 올 수 있겠어요.　明天可以來。

　그렇게 할 수 있어요?　可以那樣做嗎？

　지금 시간이 없어서 갈 수 없어요.　現在沒時間，所以無法去。

5. - ㄹ 줄 안다 / 모르다　知道／不知道（做～的方法）、會／不會～

　그 분은 중국말을 할 줄 압니다.　他會說中國話。

　자동차를 고칠 줄 압니까?　會修汽車嗎？

　담배를 피울 줄 몰라요.　我不會抽菸。

　타자(를) 칠 줄 모릅니다.　我不會打字。

6. **-(이) 라고 하다** 叫做～

이것은 한국말로 무어라고 합니까 ? 這個用韓國話叫什麼？

그것은 진달래 꽃이라고 합니다 . 那個叫做杜鵑花。

그 당시 한국은 고려라고 불렀다 . 那時候韓國叫做高麗。

그는 주간 한국이라는 잡지를 사왔어요 . 他買來一本叫韓國周刊的雜誌。

---

7. **- 지 않다** 表否定，意思是「不～、沒～」

선생님은 사무실에 계시지 않아요 . 老師不在辦公室。

책상 위에 사전이 보이지 않는다 . 書桌上沒看到字典。

그는 키가 크지 않아요 . 他個子不高。

이 책은 두껍지 않다 . 這本書不厚。

---

8. **못하다** 不能（做），表能力不足或某種原因

그런 일이 못합니다 . 我不能做那種事。

그 책을 못 샀어요 . 我沒能買那本書。

고기는 못 먹겠어요 . 肉我不能吃。

 翻成中文，再用韓語練習看看！

1. 찬물이 있습니까 ?

2. 예 , 찬물이 있어요 .

3. 아니요 , 냉장고가 없습니다 .

4. 커피 좀 주십시오 .

5. 잠깐 기다리세요 . 갖다 드리겠습니다 .

3 인사
寒暄、問候

---

1. **오래간만이에요 . 요새 어떻게 지냈어요 ?**

   好久不見，近來好嗎？

2. **예 , 오래간만입니다 . 안녕하십니까 ?**

   是的，好久不見，你好嗎？

3. **진지 잡수셨어요 ?** 吃過飯了嗎？

   아침 (점심 , 저녁) 잡수셨어요 ? 吃過早點（午餐、晚餐）了嗎？

4. **방금 먹었어요 . 당신은요 ?** 剛吃過，您呢？

5. **날씨가 좋습니다 . 그렇지요 ?** 天氣真好，是吧？

인사 (人事) 하다	問候、寒暄、	진지	飯（밥的敬語）
	打招呼、鞠躬	아침	早晨、早飯
오래	久、長時間	점심 (點心)	午餐
요새	近來	저녁	傍晚、晚餐
어떻다 , 어떠하다	如何的	잡수시다	吃（먹다的敬語）

6. 네, 정말 좋은 날씨예요. 是的，真是好天氣！

7. 날씨가 좀 춥습니다 (덥습니다). 天氣有點冷 (熱) 。

8. 오후에는 비가 올 것 같습니다. 下午可能會下雨。

9. 가족들은 어떻습니까 ? 家人都好嗎？

10. 덕분에 다 잘 있습니다. 託您的福，都好。

11. 아버님께서도 안녕하십니까 ? 令尊也好嗎？

12. 온 가족이 다들 무고합니다. 全家都平安。

13. 어머님께 안부 전해 주세요. 請代我向令堂問候。

14. 형님께 안부 전해 주세요. 請代我向令兄問候。

15. 오늘 저녁에 다시 뵙겠습니다. 今晚再見。

16. 또 만나 뵙고 싶습니다. 希望再跟你見面。

17. 만나서 정말 반갑습니다. 真高興見到你。

방금 (方今)	剛才	무고 (無故) 하다	平安、安好
날씨	天氣	전해주다	轉達、傳達
춥다 → 추워요	冷的	반갑다	高興的
덥다 → 더워요	熱的	공부 (功夫)	學習
덕분에	託您的福、託福	학업	學業

18. 공부 잘 됩니까 ? 學業好嗎？

19. 장사가 어떻습니까 ? 生意如何？

　　사업이 어떠세요 ? 事業如何？

20. 그저 그런대로 괜찮습니다 . 過得去。

　　감사합니다 . 謝謝！

21. 언제 또 와서 뵐까요 ? 何時再來看您好呢？

22. 언제든지 / 아무 때나 오세요 . 隨時請過來。

23. 그럼 , 또 만납시다 ./ 또 뵙겠습니다 . 那麼，再見了。

24. 안녕히 가세요 . 또 들리세요 . 再見了，請再來。

25. 실례가 많습니다 . 폐 많이 끼쳤어요 . 很失禮，太打擾了。

26. 천만에요 . 哪裡哪裡！

說說看！

장사	生意	언제든지 / 아무 때나	無論何時
상업	商業	오후 (午後)	下午
사업	事業	가족 (家族)	家人
그저 그래 / 그저 그렇다	還好、過得去		

1. **오래 간만** 間隔好久

   참 오래간만입니다 . 真的好久不見了。

   그한테서 오래간만에 편지를 받았다 . 隔了好久才接到他的來信。

   그는 오래간만에 영국에서 돌아왔다 . 隔了好久他才從英國回來。

   그들은 오래간만에 만나 매우 기뻤다 . 他們好久沒見，見面好開心。

---

2. **- ㄹ 것 같다** 好像

   곧 비가 올 것 같다 . 好像就要下雨的樣子。

   날씨가 점점 추울 것 같아요 . 天氣好像越來越冷了

   이 책은 재미 있을 것 같다 . 這本書好像有趣喔！

---

3. **덕분에 / 덕택에** 託福

   우리 조상 덕택에 잘 산다 . 託祖先的福，我們生活得很好。

   덕택에 장사가 잘 됩니다 . 託您的福，生意很好。

   일이 이렇게 된 것은 당신의 덕택이야 . 事情變成這樣是託您的福。

---

4. **안부 전해 주세요 .** 請代問候。

   김선생님에게 안부를 전해 주세요 . 請代問候金先生。

   가끔 안부를 전해 주세요 . 請時時給我消息（告知平安與否）。

   그분이 당신에게 안부합니다 . 他向您問好。

5. **그저** 沒什麼、一直、只是

   A: 장사가 어떨까 ? 生意如何？

   B: 그저 그래 . 普通。

   A: 그 영화가 재미있었니 ? 那電影好看嗎？

   B: 그저 그래 . 沒什麼。

   그는 그저 책을 보고 있다 . 他一直在看書。

6. **폐를 끼치다 .** 添麻煩。

   폐를 많이 끼쳤어요 . 太麻煩你了。

   폐를 끼쳐 미안합니다 . 對不起，給你添麻煩。

   남에게 폐 끼칠 수 없다 . 不必麻煩別人。

 翻成中文，再用韓語練習看看！

1. **아침 무엇을 잡수셨어요 ?**

2. **저녁은 몇 시에 잡수십니까 ?**

3. **오후에는 눈이 올 것 같아요 .**

4. **덕분에 가족들은 다 무고합니다 .**

5. **또 연락해 드리겠어요 .**

4 날씨
天氣

MP3 04

1. **오늘 날씨가 좋습니다.** 今天天氣好。

   오늘 날씨가 나쁩니다. 今天天氣不好。

2. **춥습니다. / 추워요.** （天氣）冷。

   덥습니다. / 더워요. （天氣）熱。

3. **오늘은 추운 날입니다.** 今天是個冷天。

   오늘은 더운 날입니다. 今天是個熱天。

4. **무덥습니다. / 찌는 듯이 덥습니다.** 天氣悶／悶熱。

   따뜻합니다. / 따뜻해요. 天氣暖。

說說看!

날씨	天氣	**흐리다**	陰的
춥다	冷的	**흐린 날**	陰天
덥다	熱的	**비**	雨、掃帚
무덥다	悶熱的	**눈**	雪、眼
시원하다	涼快的	**먼지**	灰塵
따뜻하다	暖和的	**건조하다**	乾燥（的）

5. 바람이 붑니다 . 颳風。
   바람이 몹시 붑니다 . 颳大風。

6. 흐려졌습니다 . 天陰了。

7. 비가 옵니다 . 下雨了。
   눈이 와요 . 下雪了。

8. 먼지가 납니다 . 有灰塵。

9. 공기가 건조합니다 . 空氣乾燥。

10. 이 방은 습기가 많습니다 . / 많아요 . 這個房間很潮濕。

11. 햇빛이 내려 쬐이고 , 나무는 푸르고 , 하늘은 맑아요 .
    陽光普照，樹木碧綠，天空一片晴朗。

12. 날씨가 흐려졌어요 . 비가 올까요 ? 天陰了，會下雨嗎？

13. 네 , 그 럴 것 같아요 . 是，我想會的。
    아니요 , 안 올 것 같습니다 . 不，我看好像不會下。

습기	濕氣、潮濕	**무섭다**	可怕的
햇빛	陽光	**무서워하다**	害怕
쬐다 / 쪼이다	照耀	**안개**	霧
푸르다	綠的	**우박**	冰雹
맑다	晴朗的	**천둥**	雷
맑은 날	晴天	**번개**	閃電

14. **비가 오면 거리가 젖고 , 땅이 질어집니다 .**
下雨的話，路會濕，地變泥濘。

15. **나는 진흙길 걷기를 싫어해요 .** 我討厭走泥濘的路。

16. **바람이 조금도 없어요 .** 一點風也沒有。

17. **이런 날씨 (계절) 에는 감기들기가 쉬워요 .**
這種天氣（季節）容易感冒。

18. **우산을 가지고 가야 합니다 .** 必須帶傘去。

19. **빨리 날이 개였으면 좋겠어요 .** 希望（天氣）快點轉晴。

20. **내일 일기예보는 어떻습니까 ?** 天氣預報明天如何？

21. **내일은 날씨가 좋을 것입니다 .** 明天會是好天。

22. **내일 날씨가 개일 듯 합니다 .** 明天天氣好像會晴。

說說看！

소나기	陣雨、驟雨	**질다**	泥濘的、軟的、濕的
비바람	風雨	**질은 길**	泥濘路
거리	街、馬路	**계절**	季節
젖다	濕	**사철**	四季
땅	地	**감기들다**	患感冒
하늘	天空	**쉽다**	容易的

23. 날씨가 또 나빠질 것 같아요 . 天氣好像又要變壞。

24. 태풍이 올 것 같습니다 . 好像會有颱風。

25. 날씨가 갑자기 변했어요 . 天氣突然變了。

26. 어제 밤에는 달이 뜨고 별이 나왔는데요 .
    昨晚月亮出來星星照耀。

27. 나는 달빛을 좋아해요 . 안 좋아하세요 ?
    我喜歡月亮，你呢？不喜歡嗎？

28. 번개와 천둥을 무서워하세요 ? 你怕閃電和打雷嗎？

29. 안개 , 우박 또는 진눈깨비는 누구나 싫어해요 .
    霧、冰雹和雨雪是誰都討厭的。

30. 누구나 폭풍우와 홍수는 무서워해요 .
    暴風雨和洪水誰都怕。

우산	雨傘	비치다	照
개다	晴朗、清除	달빛	月光
일기예보 (日氣預報)	天氣預報	진눈깨비	雨雪
태풍	颱風	폭풍우	暴風雨
갑자기	忽然	홍수	洪水
변하다	變		

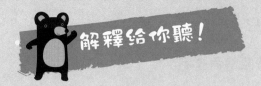

1. **흐리다** 陰、暗、模糊、混濁

   날씨가 흐리다. 天氣陰。

   하늘이 아주 흐리다. 天空昏暗。

   불이 흐리다. 燈光不明。

   인쇄가 흐리다. 印刷模糊。

   눈이 흐리다. 眼睛模糊。

   물이 흐리다. 水濁。

   흐린 물 泥水

   정신이 흐리다. 精神不振、記憶模糊。

   셈이 흐리다. 算不清。

---

2. **개다 (갠다 , 개었다 , 갤 것이다)**

   비가 갰다. 雨停了。

   날씨가 갰다. 天氣晴了。

   안개가 갰다. 霧散了。

   풀을 갰다. 把漿糊調稀了。

   옷을 갰다. 把衣服摺好了。

---

3. 들다

a. 進入

배에 물이 들다. 船裡進水。

학교에 들다. 入學。

새 집에 들다. 入住新屋。

잠이 들다. 入睡。

아파트에 도둑이 들다. 公寓遭小偷。

b. 患病

감기가 들었다 患了感冒。

병이 들었다. 患病。

c. 加入

회에 들다. 入會

그는 100 만원의 생명보험에 들었어요. 他加入了一百萬的生命保險。

20 세 이하의 사람은 이 클럽에 들 수 없다.

二十歲以下的人不能加入這俱樂部。

d. 容納、容量

이 강당에 3 백명이 든다. 這講堂容納三百人。

전부는 들지 못한다. 不能全部容納。

이 상자는 많이 든다. 這箱子容量大。

e. 包含

이런 식품에는 설탕이 너무 많이 들었다 . 這種食品含糖太多。

그 모래에 금이 들었다 . 那沙中含金。

그 항목에는 무엇이 들어 있나 ? 那項目中包含什麼？

f. 花費

돈이 얼마 들었어오 ? 花了多少錢？

백원이 들었다 . 花了一百元。

시간이 많이 들었어요 . 花了很多時間。

힘이 들었어 . 花了力氣。

g. 中意、喜歡

마음에 들어요 . 合（我）心意。

저것이 마음에 든다 . 那東西我喜歡。

그 식모가 주인의 눈에 든다 . 那女傭得主人好感（歡心）。

h. 進食

많이 드세요 . 請多多用！

더 드시지요 . 再用些吧！

차를 드세요 커피를 드세요 ? 喝茶還是喝咖啡？

i. 持、舉

손에 지팡이를 들다 . 手持枴杖。

편을 든다 . 持筆。

머리를 들다 . 舉頭。

예를 들면 ...... 舉例來說……

j. 年齡增長

나이가 들다 . 年歲增多。

나이 든 사람 年紀大的人

나이 들면 몸건강을 주의해야 해요 . 年紀大了得注意身體健康。

k. 表精神狀態

정신이 들다 . 精神舒暢。

지각이 들다 . 有概念、對～變聰明。

정이 들었다 . 愛上了。

철이 들다 . 懂事。

- -

4. - 나 /- 든지

누구나 / 누구든지 無論（是）誰、誰都

어디나 / 어디든지 不管哪裡、無論何處

무엇이나 / 뭐든지 無論什麼（也好）

 翻成中文，再用韓語練習看看！

1. 오늘 날씨가 그다지 좋지 않다 .

2. **어제는 눈이 내리고 바람이 불었다 .**

3. 날씨가 조금 추워요 . 밖에 눈이 옵니까 ?

4. **눈이 오자 곧 추워졌다 .**

5. 내일은 날씨가 좋겠지요 ?

5 성함, 연세

姓名、年齡

MP3
05

1. **당신 이름은 무엇입니까 ?** 您的大名是什麼？

2. **성함이 무엇입니까 ? / 성함이 어떻게 되십니까 ?**
    請教大名？

3. **연세는 몇이십니까 ?** 年紀多大？

    춘추가 어떻게 되십니까 ? 春秋若干？（文語）

    나이는 몇 살이야 ? 你幾歲？

4. **나는 몇 살이나 되어 보입니까 ?** 你看我有多大？

說說看！

이름	名字	**맞추다**	猜
성함 (姓銜)	姓名	**젊다**	年輕的
누구	誰、某人	**- 어 보다**	試試
나이	年紀	**아마**	大概
춘추 (春秋)	年紀 (敬語)	**스무 살 / 이십세**	二十歲

5. 내 나이를 맞추어 보세요 . 請猜猜看我的年紀。

6. 당신은 젊어 보입니다 . 您看來年輕。

7. 아마 스무 살일 것입니다 . 大約二十歲。

8. 아니오 , 다섯 살 더 먹었어요 . 不，還要多五歲。

9. 스물다섯으로는 보이지 않아요 . 二十五歲，看不出來。

10. 한국에서는 젊은 여자의 나이를 물어보아도 좋습니까 ?
    在韓國可以問年輕女子的年紀嗎？

11. 우리 나라에서는 실례입니다 . 在我國是失禮的。

12. 그렇습니까 ? 그런 줄 몰랐어요 . 是嗎？我不知道是那樣。

13. 동생은 몇 살이에요 ? 你弟弟（或妹妹）幾歲？

14. 내 동생은 열여덟 살입니다 . 我弟弟十八歲

다섯 살 / 오세	五歲	흔하다	普通的、多的
실례 (失禮)	失禮	흔한 성	多的姓
- ㄴ 줄 모르다	不知道是～	나이를 먹다	年老、年紀大
동생 (同生)	弟弟（或妹妹）		
아저씨	叔叔		

15. 언니는 나이가 몇이시지요？ 姊姊幾歲？

16. 우리 언니는 스물여덟 살입니다 . 我姊姊二十八歲了。

17. 그 아저씨는 몇 살인지 아십니까？

你知道那位大叔多大（年紀）？

18. 모르겠어요 . 그러나 아마 오십은 되었을 거예요 .

不知道，可我想大概有五十了吧！

19. 당신은 성이 무엇입니까？ 您貴姓？

이씨입니다 . 姓李。

20. 한국에서는 이씨가 많아요？ 在韓國姓李的多嗎？

21. 이씨와 김씨는 한국에서 제일 흔한 성이에요 .

李和金是韓國最多的姓氏。

22. 대만에서 제일 흔한 성은 무엇이지요？

台灣最多的姓氏是什麼呢？

진씨와 임씨는 가장 흔한 성이에요 . 陳和林是最多的。

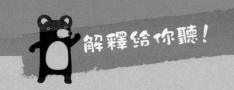
1. - 게 되다 變成～的情況

음악을 좋아하게 되었다 . 變得喜歡音樂。

한국에 대해서 관심을 갖게 되다 . 變得關心韓國。

그 여자때문에 열심히 일하게 되었어요 . 因為她而變得努力工作。

할 수 없이 그하고 같이 가게 됐다 . 沒法子，只得跟他一起去了。

2. - 어 보다 試試看～

다시 전화해 보세요 . 請再打電話看看。

어느 서점에 가 볼까요 ? （我們）要不要去哪家書店看看？

한식을 먹어 보았어요 . 我嚐過韓國菜了。

내 나이를 맞추어 보세요 . 請猜猜看我的年紀。

3. - 어 보이다 看起來～

그이는 몇 살이나 보입니까 ? 他看起來有幾歲？

그분은 제 나이보다 늙어 보입니다 . 他看起來比實際年齡大。

그 여자는 좀 뚱뚱해 보이죠 ? 她看起來有點胖吧？

4. - 어도 좋습니까 ? / 괜찮습니까 ? 即使～也好嗎？/ 也沒關係嗎？

소풍을 가도 좋습니까 ? 去遠足也好嗎？

여기서 담배를 피워도 괜찮습니까 ? 在這裡抽菸也沒關係嗎？

내일 안 와도 되지요 ? 明天不來也行嗎？

5. - ㄴ지 表時間經過

그분은 몇 살인지 모르겠어요 . 不知道他幾歲。

약속한 시간이 지난 지 30 분이 넘었어요 . 約定的時間經過三十分鐘啦！

우리는 헤어진 지 일년이 되었지요 . 我們分手已有一年了吧！

6. 尊敬的表現法

a. 用尊敬語詞

먹다（吃）	→	잡수시다
자다（睡）	→	주무시다
있다（在）	→	계시다
말하다（說）	→	말씀하다
죽다（死）	→	돌아가다

b. 動詞語幹 + -(으)시

가다（走）	→	가시다
받다（受）	→	받으시다

c. 終結語尾用 합쇼體 或 해요體

선생님은 교실에 계십니다 . 老師在教室裡。

그분도 같이 영화를 보셨어요 ? 他也一起看電影了嗎？

d. 用謙讓語詞

만나다（遇見） → **뵙다**（使見）

주다（給） → **드리다**（呈）

묻다（問） → **여쭙다**（告知）

말하다（說） → **말씀하다**（上言）

e. 助詞改用敬語詞

- **이 / 가** → **께서**（主格）

- **에게 / 한테** → **께**（與格）

선생님은 → **선생님께서는**（特殊格助詞는）

아버님도 → **아버님께서도**（特殊格助詞도）

f. 名詞、代名詞改用敬語形或謙讓形

밥 → **진지**（飯）

이름（名字） → **성함**（姓銜）

나이（年紀） → **연세**（年歲）、**춘추**（春秋）

병（病） → **병환**（病患）

너（你） → **당신**（您）

그 사람（他） → **그분**（那位）

나（我） → **저**（「我」的謙稱）

우리（我們） → **저희**（「我們」的謙稱）

우리들（我們） → **저희들**（「我們」的謙稱）

〈例句〉

아이들은 밥을 먹었어요 . 孩子們吃過飯了。

할아버지께서도 진지를 잡수셨어요 . 爺爺也吃過飯了。

이 애 이름이 무엇입니까 ? 這孩子叫什麼？

그 선생님 성함이 어떻게 되십니까 ? 那老師大名如何稱呼？

이 학생 나이가 몇 살입니까 ? 這學生幾歲？

그분의 연세가 얼마나 되십니까 ? 那一位貴庚？

너는 어느 학교의 학생이야 ? 你是哪個學校的學生？

당신은 어디서 오셨어요 ? 您從哪兒來？

저는 이 대학의 학생이에요 . 我是這所大學的學生。

저희들은 대만에서 왔어요 . 我們是從台灣來的。

 翻成中文，再用韓語練習看看！

1. 박씨는 한국에서 흔한 성입니까 ?

2. **아마 쉰 살은 되었을 거에요 .**

3. 미국에서는 여자의 나이를 물어보는 것은 실례입니다 .

4. **나는 더 젊으신 줄 알았는데요 .**

5. 서른다섯으로는 보이지 않아요 .

당신 이름은 무엇입니까?
您的大名是什麼?

6 음식

飲食

MP3 06

1. **매일 아침 무엇을 잡수십니까?** 每天早餐（您）吃些什麼？

2. **아침은 주스 한 잔, 계란과 빵을 먹고 나서 커피를 마셔요.** 早餐我喝一杯果汁，吃雞蛋、麵包，然後喝咖啡。

3. **우유를 안 드십니까?** 不喝牛奶嗎？

   안 마셔요? 不喝嗎？

4. **과일을 좋아하십니까?** 喜歡水果嗎？

5. **과일이라면 무엇이나 좋아합니다.** 水果的話，什麼都喜歡。

매일（每日）	每天	**우유**	牛奶
한 잔 / 한 컵	一杯	**마시다**	喝
계란	雞蛋	**과일**	水果
빵	麵包	**사과**	蘋果
주스	果汁	**배**	梨

6. 사과 , 배 , 복숭아 , 포도 , 수박 , 바나나 무엇이든지 다 좋아해요 . 蘋果、梨、桃子、葡萄、西瓜、香蕉什麼都喜歡。

7. 나는 바나나는 좋아하지 않습니다만 사과와 배는 좋아해요 . 我不喜歡香蕉，可是喜歡蘋果和梨。

8. 나는 여러가지 야채도 좋아합니다 . 예를 들면 토마토 , 오이 , 무우 , 콩 , 시금치와 배추 등입니다 .
我也喜歡各種蔬菜，像番茄、黃瓜、蘿蔔、豆子、菠菜和白菜等。

9. 고기와 생선을 좋아하세요 ? 喜歡肉和魚嗎？

10. 생선은 그다지 좋아하지 않습니다 . 魚不怎麼喜歡。

    고기는 좋아하지만 많이 먹지 않아요 .
    肉雖然喜歡，可是吃不多。

복숭아	桃子	야채	蔬菜
포도	葡萄	예를 들면	舉例的話、例如
수박	西瓜	토마토	番茄
바나나	香蕉	오이	黃瓜
여러가지	各種	무우 / 무	蘿蔔

11. 나는 제일 좋아하는 고기가 한국식 불고기입니다 .

我最喜歡的肉是韓國烤肉。

12. 한국요리를 좋아하세요 ? 喜歡韓國菜嗎？

13. 맛이 좋은 요리는 다 좋아해요 . 好吃的菜都喜歡。

14. 술이나 맥주를 좀 마시지 않으시겠어요 ?

不喝些酒或啤酒嗎？

15. 식전에 무엇을 한잔 하시렵니까 ? 飯前要來杯什麼嗎？

16. 칵테일 한잔 하겠어요 . 來杯雞尾酒好了。

17. 별로 생각이 없어요 . （我）不想喝什麼。

18. 홍차를 하실까요 커피를 하실까요 ? 喝紅茶還是咖啡？

說說看！

콩	豆子	불고기	烤肉
시금치	菠菜	그다지	不怎麼～
배추	白菜	요리 (料理)	菜
생선 (生鮮)	魚	맛	味道
고기	肉	술	酒

19. 커피 하겠어요 . 물도 한 컵 주세요 .

我喝咖啡，也請給我一杯水。

20. 소금과 후춧가루를 좀 보내주세요 .

請把鹽和胡椒粉遞給我。

맥주	啤酒	**가루**	粉
소금	鹽	**보내다**	送、遞交、寄
칵테일	雞尾酒		
홍차	紅茶		
후추 (호추)	胡椒		

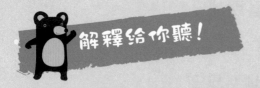

解釋給你聽！

1. **-(이) 라면 /-(이) 라고 하면**　要是說～的話

　사과라면 하나 먹겠어요 .　若說蘋果的話，我要吃一個。

　수박이라면 안 먹겠어요 .　西瓜的話我不吃。

　고기라면 잘 안 먹지만 생선이라면 잘 먹어요 .

　肉的話我吃不多，可是魚的話我很會吃。

　과일이라면 아무것도 좋아요 .　水果的話，我什麼都喜歡。

2. **무엇이나 / 무엇이든지**　無論什麼

　무엇이나 다 먹어요 .　不管什麼我都吃。

　누구나 다 할 수 있어요 .　誰都可以做。

　언제든지 좋아요 .　什麼時候都好。

　어디든지 같이 가고 싶어요 .　哪兒都好，想一塊兒去。

3. **예를 들면**　舉例的話、譬如像～

　운동도 참 좋아해요 . 예를 들면 농구 , 배구 , 야구 등을 다 해요 .

　運動也很喜歡，譬如籃球、排球、棒球等都打。

　야채도 좋아하는 게 많아요 . 예를 들면 무우 , 배추 , 상치 그리고
　시금치 등 다 좋아해요 .

　喜歡的蔬菜也很多，譬如像蘿蔔、白菜、生菜和菠菜等都喜歡。

4. – 지만 雖然～可是～

나이는 어리지만 경험이 많아요 . 年紀雖輕但經驗豐富。

비가 오지만 나는 간다 . 雖然下雨可是我去。

그 책을 몇 번 보았지만 잘 모르겠어요 . 那本書看過幾次，但不太了解。

가난하지만 그는 남을 잘 도와준다 . 他雖窮可是常幫助別人。

---

5. 별로 (別로) 特別

오늘 날싸가 별로 춥지 않아요 . 今天天氣不怎麼冷。

별로 이야기할 것도 없는데 . 也沒什麼特別要說的。

나는 지금 별로 할 일이 없어요 . 我現在沒什麼事要做。

그건 별로 좋지 않아요 . 那個不怎麼好。

---

6. 待遇法（或稱敬語法、尊卑法）

韓語中的「待遇法」，是以上下不同關係為基礎分為上稱、中稱、等稱、下稱四種說法，對地位身分比自己高的人要用敬語法，敘述自己的事情行為時要用謙讓法，對地位輩分較低的人則不用敬語法。待遇法有「聽者待遇法」（對聽者用）、「主體待遇法」（對敘述主體用）以及「客體待遇法」（對動作客體用）三種，而待遇法除了語詞有尊待語、謙讓語及卑語之分之外，主要還是以終結法語尾來區分。

基本形語尾	簡略形語尾
1. 上稱（합쇼體） - 습니다 / ㅂ니다	5. 尊待（해요體） - 아요 / 어요 - 지요
2. 中稱（하오體） - 오 / 소 , 우	
3. 等稱（하게體） - 네	6. 下待（해體） - 아 / 어 - 지
4. 下稱（해라體） - 다	

a. 上稱（**합쇼體**）

用在學生對老師、職位低的對上司、店員對顧客、疏遠關係的成人之間，尤其對年長者。此外，演講、廣播、會議等正式場合、廣告文、對上位者的書信等使用。

b. 中稱（**하오**體）

用在成人間表輕微敬意的場合，一般對大眾之標示語，如試卷上的指示語、交通信號、公共建築、通道等的指示語皆使用，而語尾**오**變**우**時帶有較親密的語感。婦女之間常用，夫婦之間也用來表達僅兩人間之親密對話，一般則常用半語（**해**體）或半語加**요**（**해요**體）語尾。

c. 等稱（**하게**體）

用在長輩對成年晚輩親友，岳父母對女婿、叔伯對姪甥、兄對弟、連襟間年長對年幼者、教授對助教或已成年之學生，年長者對熟識成年人晚輩等場合，第二人稱代名詞用**자네**。

d. 下稱（**해라**體）

用在成人對中學生以下之孩童，老師對學生、父母對子女、兒童之間，還有新聞、雜誌、論文以及標語、獨白等場合，第二人稱代名詞用**너**。

e. 簡略尊待形（**해요**體）

用於應尊待之說話對象，二十幾世紀後半以來已代替了上稱、中稱，在口語中廣為使用，其語感較婉約，女性使用較普遍且有親近感，在正式場合之說明，授課時也可用，或與上稱混合使用，但會議、新聞廣播等場合仍使用上稱尊待法。

f. 半語（**해**體）

乃兒童最初學會在親人間使用的語尾，有親密、親切之語感，敬語意識是經過學習後產生的。半語體語尾簡略，使上下關係模糊，有時使彼此距離縮短而顯示出親密，但僅限於非正式場合，如孩子對長輩、親人撒嬌時使用，一般還是使用**해요**體。但半語可通用於對稱、下稱的說話對象，日常生活中與平輩、朋友、同年級同學之間，也用於年幼的長輩對年長的晚輩、小孩未學會使用其他待遇法前自然使用之。

7. 動詞活用終結語尾表

a. 一般說話（直說法）

尊卑 \ 活用	합쇼체	하오체	하게체	해라체	해요체 하지오체	해체 하지체
平敍	습니다 ㅂ니다	오 / 소	네	ㄴ다	아요 (어요) 지요	아 (어) 지
疑問	습니까 ㅂ니까	오 / 소	는가 (으) ㄴ가	느냐 니	아요 (어요) 지요 , 는가요	아 (어) 지
命令	십시오	(시) 오 / 소	게	아라 (어라 , 거라 , 너라)	아요 (어요) 지요	아 (어) 지
請誘	십시다	(으) ㅂ십다	세	자	아요 (어요) 자요	아 (어) 지
感嘆	시는군요	눈구려	는구먼	는구나	는군요	는군

b. 回想說法

尊卑 \ 活用	합쇼체	하게체	해라체	해요체 하지오체	해체 하지체
平敍	ㅂ디다 습디다	데	더라	데요 던걸요	던걸
疑問	ㅂ디까 습디까	던가 던고	더냐 더니	던가요 던지요	던지

c. 推測說法

尊卑 \ 活用	합쇼체	하오체	하게체	해라체	해요체 하지오체	해체 하지체
平敍	오리다	리다	리	리라	ㄹ 걸요	ㄹ 걸
疑問	오리까	리까	ㄹ까 ㄹ꼬	랴	ㄹ까요 ㄹ지요	ㄹ 지

 翻成中文，再用韓語練習看看！

1. 매일 점심은 몇 시에 어디서 잡수십니까 ?

2. 같이 불고기 먹으러 갈까요 ?

3. 술이나 마시겠어요 ?

4. 그분은 맥주를 다섯 병이나 마셨어요 .

5. 난 아무 음식이나 잘 먹어요 .

매일 아침 무엇을 잡수십니까?
每天早餐（您）吃些什麼？

7 숫자
數字

1. **이 책들 좀 세어 보세요 .** 請數一數這些書。

2. **책이 모두 몇 권이 있습니까 ?** 書一共有幾本？

   모두 일곱 권이 있습니다 . 一共有七本。

3. **가서 연필 여섯 자루와 공책 다섯 권을 사오세요 .**
   請去買鉛筆六枝和簿子五本來。

4. **하나 더하기 둘은 셋입니다 .** 一加二是三。

5. **넷 더하기 다섯은 몇입니까 ?** 四加五是幾？
   구입니다 . 是九。

說說看！

세다	(v.) 數		**배 (倍)**	倍數
세어 보다	數數看		**몇 명**	幾名
권 (卷)	本		**며칠**	幾天、幾日、幾號
자루	枝、把		**단 (單)**	只要
공책 (空冊)	筆記本		**종로 [종노]**	鐘路

6. 셋의 다섯 배는 열다섯입니다 ./ 삼 곱하기 오는 십오 입니다 ./ 셋 곱하기 다섯은 열다섯입니다 . 三的五倍是 十五。／三乘五等於十五。

7. 둘의 일곱 배는 몇입니까 ? 二的七倍是多少？

    열넷입니다 . 是十四。

8. 나는 스물한 살입니다 . 我二十一歲。

9. 이 교실에는 학생이 몇 명 있어요 ? 這教室裡有幾名學生？

10. 학생이 스물 일곱 명 있어요 . 有二十七名學生。

11. 오늘은 며칠이고 무슨 요일입니까 ? 今天是幾日，星期幾？

12. 오늘은 칠월 십육 일 , 월요일입니다 .
    今天是七月十六日，星期一。

인구	人口	왕복 (往復)	來回
이상	以上	집세	房租
요금 (料金)	費用	숫자	數字
세금 (稅金)	稅金	마일 (mile)	哩
합하다	合計	끝나다	結束、完了

13. 나는 구월 육 일에 돌아와요 . 我九月六日回來。

14. 저것은 얼마입니까 ? 那個多少錢？

15. 이것은 단 백 칠십 오 원입니다 . 這個只要一百七十五元。

16. 서울서 부산까지는 삼백 이십 마일입니다 .
從首爾到釜山是三百二十哩 (mile)。

17. 당신은 종로 4 가에 사십니까 ? 您住在鍾路四段嗎？

18. 이차세계대전은 천 구백 사십 오 (1945) 년에 끝났습니다 . 二次世界大戰是 1945 年結束的。

19. 올해는 2012 (이천 십 이) 년입니다 . 今年是 2012 年。

20. 일년은 며칠입니까 ? 一年有幾天？

21. 일년은 삼백 육십 오일입니다 . 一年有 365 天。

22. 서울 인구는 얼마입니까 ? 首爾人口有多少？

23. 이제 서울 인구는 천 팔백만 이상입니다 .
現在首爾人口超過一千八百萬。

24. 서울서 타이페이 (Taipei) 까지 비행기 요금은 얼마입니까 ? 從首爾到台北飛機票多少錢？

25. 세금까지 합하여 왕복 36 (삼십육 [삼심뉵]) 만원입니다 .　連稅來回 36 萬元（韓圜）。

26. 대만돈으로 하면 얼맙니까？ 以台幣計算的話是多少錢？

27. 대만돈으로 하면 만 이천 원입니다 . 台幣一萬二千元。

28. 이집 집세는 얼마입니까？ 這屋子房租多少？

29. 한 달에 30 만 (삼십만) 원입니다 . 一個月 30 萬元。

30. (987,654,321) 이 숫자는 얼마지요？ 這數字是多少？

구억 팔천 칠백 육십오만 사천 삼백 이십 일입니다 .

九億八千七百六十五萬四千三百二十一。

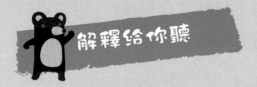

1. **더하다 / 더하기** 加

빼다 / 빼기 減

곱하다 / 곱하기 乘

나누다 / 나누기 除

5 에 7 을 더하면 12 가 된다 . 5+7=12

10 에서 5 를 빼면 5 가 남는다 . 10-5=5

3 에 2 를 곱하면 6 이 된다 . 3x2=6

6 나누기 2 는 3. 6÷2=3

5 더하기 7 은 12. 5+7=12

10 빼기 5 는 5. 10-5=5

3 곱하기 2 는 6. 3x2=6

---

2. **권 (卷)** 本、冊、刀

책 한 권 書一本

공책 두 권 筆記本兩本

제 1 권 第一冊

종이 한 권 紙一卷 (韓國用：紙 20 張稱一卷)

5 편으로 된 영화 5 卷影片的電影

3. 명 (名) 指人數或有名的

전부 50 명이 있다 . 全部有 50 名。

모두 몇 명이 왔어요 ? 一共來了幾人？

명재판 名裁判

명투수 名拳擊手

명필 名筆

명화가 有名的畫家

4. 量數詞與序數詞

數字	漢字語	韓語	數字	漢字語	韓語
1	일	하나	16	십육 [심눅]	열 여섯
2	이	둘	17	십칠	열 일곱
3	삼	셋	18	십팔	열 여덟
4	사	넷	19	십구	열 아홉
5	오	다섯	20	이십	스물
6	육	여섯	30	삼십	서른
7	칠	일곱	40	사십	마흔
8	팔	여덟	50	오십	쉰
9	구	아홉	60	육십	예순
10	십	열	70	칠십	일흔
11	십일	열 하나	80	팔십	여든
12	십이	열 둘	90	구십	아흔
13	십삼	열 셋	99	구십구	아흔 아홉
14	십사	열 넷	100	백	백
15	십오	열 다섯			

100 以上使用漢字語數詞

＜例＞

빵 한 개 = 빵 하나 . 一個麵包。

사과 스무 개 = 사과 스물 . 二十個蘋果。

학생 두 명 = 학생 둘 . 兩名學生。

술 세 병 . 酒三瓶。

개새끼 네 마리 . 小狗四隻。

커피 한두 잔 . 咖啡一兩杯。

소설 두세 권 . 小說兩三本。

연필 서너 자루 . 鉛筆三四枝。

사과 네댓 개 . 蘋果四五個。

국수 대여섯 그릇 . 麵五六碗。

선생님 예닐곱 분 . 老師六七位。

數日子用的韓語 :

하루 (초하루)	1 日（一天）	**열흘**	10 日
이틀	2 日	**열하루**	11 日
사흘	3 日	**열이틀**	12 日
나흘	4 日	**열닷새 (보름)**	15 日
닷새	5 日	**스무 날**	20 日
엿새	6 日	**스무 하루**	21 日
이레	7 日	**스무 이틀**	22 日
여드레	8 日	**스무 아흐레**	29 日
아흐레	9 日	**그믐**	30 日

算月數時可用兩種數詞：

1.		2.	
일개월	一個月	**한달**	一個月
이개월	兩個月	**두달**	兩個月
삼개월	三個月	**석달**	三個月
사개월	四個月	**넉달**	四個月
오개월	五個月……	**다섯달 ......**	五個月……
십개월	十個月	**열달**	十個月
이십개월	二十個月	**스물달**	二十個月

算日數也可用兩種數詞：

1.		2.	
일일	一日	**하루**	一日
이일	二日	**이틀**	二日
삼일	三日	**사흘**	三日
사일	四日	**나흘**	四日
오일	五日	**닷새**	五日
육일	六日	**엿새**	六日
칠일	七日	**이레**	七日
팔일	八日	**여드레**	八日
구일	九日	**아흐레**	九日

십일	十日	열흘	十日
십일일	十一日	열하루	十一日
십이일	十二日	열이틀	十二日
십삼일	十三日......	열사흘	十三日
이십일	二十日	열나흘	十四日......
이십일일	二十一日	스무날	二十日
이십구일	二十九日	스무하루	二十一日
삼십일	三十日	스무아흐레 （二十九日）	二十九日
삼십일일	三十一日	그믐（三十日）	晦日

說「天數」，三十天是**서른날**或**삼십일동안**，三十一日只用**삼십일일**，不用**서른하루**，也不用**그믐하루**，十五日又稱「**보름**」，是「望日」的意思

算年齡也可用兩種數詞：

1.		2.	
일세	一歲	한살	一歲
이세	兩歲	두살	兩歲
삼세	三歲	세살	三歲
사세	四歲	네살	四歲
오세	五歲......	다섯살	五歲......
십세	十歲	열살	十歲
이십세	二十歲	스무살	二十歲

삼십세	三十歲	**서른살**	三十歲
사십세	四十歲	**마흔살**	四十歲
오십세	五十歲	**쉰살**	五十歲
육십세	六十歲	**예순살**	六十歲
칠십세	七十歲	**일흔살**	七十歲
팔십세	八十歲	**여든살**	八十歲
구십세	九十歲	**아흔살 ......**	九十歲……
백세	百歲	**아흔 아홉살**	九十九歲

百歲以上用漢字語

초하루是初一、**그믐**是月底、**보름**是十五日或十五天、**하루**是一日或一天

하루 (초하루) 1日 (1號)	**열하루** 11日
이틀 2日	**열이틀** 12日
사흘 3日	**열사흘** 13日
나흘 4日	**열나흘** 14日
닷새 5日	**열닷새 (보름)** 15日
엿새 6日	**스무날** 20日
이레 7日	**스무하루** 21日
여드레 8日	**스무아흐레** 29日
아흐레 9日	**그믐** 30日
열흘 10日	

星期用「日、月、火、水、木、金、土」加「曜日 (요일)」

일요일 星期日　　　　　**목요일** 星期四

월요일 星期一　　　　　**금요일** 星期五

화요일 星期二　　　　　**토요일** 星期六

수요일 星期三

年、月、日，錢數或外來語則使用漢字語數量詞：

2012 年 5 月 15 日 : 이천십이년 오월 십오일

但 6 月 : 유월、10 月 : 시월、11 月 : 십일월 (동짓달冬至月)、

12 月 : 십이월 (섣달臘月)、1 月 : 정월 (正月)

鐘點時分：時數用韓語，分秒用漢字語

한 시 10분 = 1點10分　　　　**여덟 시 15분** = 8點15分

두 시 20분 = 2點20分　　　　**아홉 시 15분전** = 差15分9點

세 시 30분 = 3點30分　　　　**열 시 45분** = 10點45分

네 시 반 = 4點半　　　　　　**열한 시 11분** = 11點11分

다섯 시 50분 = 5點50分　　　**열두 시 12분 30초** = 12點12分30秒

여섯 시 55분 = 6點55分　　　**초읽기** 倒數讀秒

일곱 시 5분전(5分前) = 差5分7點　　**한(두, 세, 네) 시간** = 一（二、三、四）個小時

---

43 쪽 (사십삼쪽) : 43頁

3, 4 개월 (삼 , 사개월) : 三四個月

오인분 : 5人份

육백 그램 (g) : 600克

이천 킬로미터 (km) : 2000公里

序數詞：

① 韓語量數詞 + (번) 째
　但하나、둘、셋、넷變為첫、두、세、네
　번可省略，十以上則不省略

　첫 (번) 째
　두 (번) 째→둘째
　세 (번) 째→셋째
　네 (번) 째→넷째
　다섯 (번) 째
　여섯 (번) 째
　열 번째 , 열 한 번째 , 열 두 번째

② 漢字語敘述詞用第一、第二、第三、第四……第十……第一百一十二
　제일 , 제이 , 제삼 , 제사 ...... 제십 ...... 제백십이

 翻成中文，再用韓語練習看看！

1. 참 오래간만입니다 . 이게 얼마만입니까 ?

2. 중국말을 공부한 지 얼마나 되었어요 ?

3. 만 일 년하고 석 달이 되었어요 .

4. 이번에는 얼마 동안 묵으시렵니까 ?

5. 약 일 개월 묵으려고 합니다 .

8 시간

時間

MP3 08

1. 지금 몇 시입니까 ? 現在幾點鐘？

2. 다섯 시 십 분입니다 . (5 시 10 분입니다 .) 5:10。

3. 여섯 시 이십오 분입니다 . (6 시 25 분입니다 .) 6:25。

   일곱 시 반입니다 . (7 시 반입니다 .) 7:30。

   여덟 시 오 분 전이에요 . (8 시 5 분 전이에요 .) 差 5 分 8 點。

   아홉 시 십 분 전인데요 . (9 시 10 분 전인데요 .) 差 10 分 9 點。

4. 벌써 시간이 한 시 반입니까 ? 已經到一點半了嗎？

說說看！

지금	現在	평소	平時
이제	現在、此時	몇 시	幾點鐘
현재	目前、如今	몇 분 몇 초	幾分幾秒
여태까지 / 지금까지	迄今	늦다	遲的、晚的
보통	普通、平常	빠르다	快的

5. 아침에 보통 몇 시에 일어납니까 ? 平常早上幾點起來？

6. 나는 평소에는 일곱 시에 일어납니다 . 我平常七點鐘起來。

7. 일요일에는 좀 늦게 일어나지요 . 星期天就稍微晚起。

8. 몇 시에 일하러 나갑니까 ? 幾點出去上班？

9. 나는 일곱 시 반에 사무실로 나갑니다 .
   我七點半去辦公室。

10. 보통 여덟 시에 출근합니다 . 平常八點鐘上班。

11. 우리집에서 사무실까지 약 사십 분 걸립니다 .
    我們家到辦公室要花四十分鐘。

12. 그러면 , 매일 아침 여덟 시 사십 분쯤 사무실에
    도착하겠네요 .
    那麼，你每天早上約 8:40 左右會到辦公室囉！

출근 (出勤)	上班	도착하다	到達
퇴근 (退勤)	下班	복잡 (複雜) 하다	擁擠
사무실 (事務室)	辦公室	붐비다	擁擠的、充滿的
걸리다	花費（時間）	맞다	對、準、一致
종이 울리다	鐘聲響	정오 (正午)	中午 12:00

13. 교통이 복잡하면 어렵습니다 . 交通擁擠的話，就難了。

14. 이 시계는 맞습니까 ? 這個鐘準嗎？

15. 내 시계는 오 분 늦어요 . 我的錶慢五分。

16. 이 시계는 칠 분 빨라요 . 這錶快七分。

17. 그 벽시계는 잘 맞아요 . 那個掛鐘很準。

18. 10 시 10 분까지 기다리겠습니다 . 我會等到十點十分。

19. 10 시 10 분 전에 꼭 돌아오겠습니다 .

我十點十分前一定回來。

20. 몇 시에 점심하러 갑니까 ? 幾點去吃午飯？

정오 12 [열두] 시에 갑니다 . 中午十二點去。

說說看！

자정 (子正)　午夜 12:00

1. 늦게 : 늦다 （遲、晚）之副詞形

   어젯밤 늦게 돌아왔어요 . 昨晚晚回來。

   늦게까지 앉아 있어요 . 坐到很晚。

   늦게 아들을 얻었어요 . 晚得子。

   아침 일찍부터 밤 늦게까지 일한다 . 從早到晚工作。

2. 걸리다

   a. 시간이 걸리다 . 花時間。

   　　돈이 걸리다 . 花費。

   　　학교까지 10 분만 걸린다 . 到學校只花十分鐘。

   　　그 책을 읽는데 사흘 걸렸어요 . 讀那本書花了三天。

   b. 전화를 걸다 . 打電話。

   　　전화가 걸려오다 . 電話打來了（有人打電話來）。

   　　전화가 안 걸렸어요 . 沒打電話。

   　　아까 전화했어요 . 剛才打了電話。

   c. - 에 걸려 있다 在～掛著

   　　벽에 그림이 걸려 있다 . 牆壁上掛著畫。

   　　달이 동쪽 하늘에 걸려 있다 . 月亮掛在東邊天空。

   d. 下注、冒～險

   　　큰 돈이 걸리다 . 下大注。

   　　목숨이 걸리다 . 冒生命危險。

e. 被拌、被阻擋、被刺哽住

돌에 걸려 넘어지다. 被石頭絆倒。

가시에 걸리다. 被刺擋住。

생선뼈가 목에 걸리다. 被魚刺鯁在喉頭。

고기가 그물에 걸렸다. 魚被網住了。

잠자리가 거미줄에 걸리다. 蜻蜓被蜘蛛網網住。

경관에게 걸리다. 被警官抓住。

f. 違法、觸法網

그는 법에 걸리다. 他違法。

이 사람은 법망에 걸렸다. 此人觸犯了法網。

g. 患病

폐병에 걸려 죽었다. 患肺病去世了。

감기에 걸렸어요. 患了感冒。

h. 牽涉、捲入、有關聯

그는 부정 사건에 걸려 있다. 他捲入醜聞案。

나쁜 여자에게 걸리다. 被壞女人牽連。

i. 被閂、被鎖

대문이 걸리다. 大門被鎖。

문에 빗장이 걸려 있다. 門被閂著。

j. 掛心、擔心

그 일이 자꾸 마음에 걸린다 . 那件事老掛在心上。

입시에 떨어질까 봐 마음에 걸린다 . 擔心考不上學校。

3. 하면 （表假設） ～的話

공부하면 공부할수록 좋아진다 . 用功的話，越學越好。

비가 오면 안 가겠어요 . 下雨的話我就不去。

이것을 싫어하면 다른 것을 고르세요 . 這個不喜歡的話請選別的。

한 달 이내에 반납하면 됩니다 . 一個月之內交還就好了。

4. – 러 （表目的）用於動詞語幹之接續形語尾，常與 **가다**、**오다** 結合使用。

같이 놀러 갈까 ? 要一塊兒去玩嗎？

나는 미스터 김을 만나러 왔어요 . 我來找金先生。

일하러 사무실에 갔어요 . 去辦公室做事。

 翻成中文，再用韓語練習看看！

1. 빨리 가면 너무 늦지는 않겠습니다 .

2. **다섯 시 반에 바로 그 사람이 왔다 .**

3. 여동생이 2 시 15 분에 왔어 .

4. **그는 수업이 끝나자 곧 집으로 돌아갔어 .**

5. 내일 그가 오자마자 나는 곧 출발할 것이다 .

9 계절(一)
季節（一）

MP3 09

1. **일년에는 봄 , 여름 , 가을 , 겨울의 네 계절이 있습니다 .**
   一年有春、夏、秋、冬四季。

2. **금년 겨울에는 별로 춥지 않습니다 .** 今年冬天不怎麼冷。

3. **지난해 겨울에는 대단히 추웠지요 .** 去年冬天很冷。

4. **어느 계절을 좋아합니까 ?** 你喜歡什麼季節？

5. **나는 봄과 가을을 좋아해요 .** 我喜歡春、秋。

6. **나는 봄철을 가장 좋아해요 .** 我最喜歡春季。

7. **나도 모든 계절 중에서 봄이 제일 좋습니다 .**
   所有季節中我也最喜歡春天。

說說看!

계절	季節	가을	秋
사철	四季	겨울	冬
봄철	春季	장마철	雨季
금년 / 올해	今年	이르다	早的
여름	夏	자주	經常

8. 그래요 . 만물이 소생하는 것 같아요 .
   是啊，好像萬物回復生氣。

9. 날씨가 제법 좋아졌군요 ! 그렇지요 ?
   天氣變得真好，對不對？

10. 네 , 춥지도 않고 덥지도 않아요 . 是的，不冷也不熱。

11. 금년은 절기가 늦게 드는 것 같군요 ! 今年節氣好像慢了耶！

12. 네 , 예년보다 이주일 가량 늦은 것 같아요 .
    是的，好像比往年慢了兩個禮拜左右。

13. 이제는 곧 본격적인 봄이 되겠죠 . 現在該是正格的春天了吧！

14. 벚꽃은 언제쯤 만발할까요 ? 櫻花何時會盛開？

15. 아마 삼월 말경일 것입니다 . 大概會是三月末吧！

16. 이렇게 좋은 날에는 방안에 들어 앉아 있을 수 없지
    않아요 ? 這麼好的天氣不能待在屋裡乾坐著吧？

바뀌다	被改變	만물	萬物
달력	月曆	소생 (蘇生) 하다	回復生氣
글쎄	(感) 是啊…… (表不確定)	- 는 것 같다	像～一樣
때로는	有時	절기	節氣
훨씬	～得多	예년	往年

17. **정말 그래요 ! 도시락을 가지고 어디 나갑시다 .**
   說得沒錯！讓我們帶著便當出去哪裡走走吧！

18. **한국에서 여름이 언제 시작됩니까 ?** 韓國的夏天何時開始？

19. **우기가 끝나면 바로 시작됩니다 .** 雨季過後就開始。

20. **우기는 언제 끝납니까 ?** 雨季何時結束？

21. **우기는 오월말에 시작되고 칠월 초에 끝날 거예요 .**
   雨季是五月底開始，七月初結束。

22. **오늘 아침에 일어났을 때는 날씨가 아주 좋아서 우산도 안 갖고 나왔어요 .**
   今早起來時天氣很好，所以傘也沒帶就出來了。

23. **그런데 흐려지더니 이내 비가 내리지 않아요 ?**
   可是一下子又變陰了，馬上就下起雨來了不是嗎？

說說看！

제법	頗、相當	**정말**	真的、真話
본격적 (本格的)	正式地	**도시락**	便當
벚꽃	櫻花	**우기**	雨季
만발 (滿發) 하다	盛開	**우산**	雨傘
경 (傾)	左右		

24. 요즘은 날씨가 자주 바뀌니까요 . 因為最近天氣多變化。

25. 실은 이것이 장마철의 시초가 아니겠어요 ?
    實際上這不就是雨季之始嗎？

26. 그럴지도 모르지만 , 장마철은 아닌 것 같아요 .
    아직 시기가 이르니까요 .
    也許吧，不過好像不是雨季，時間還早。

27. 장마철은 언제 시작됩니까 ? 雨季什麼時候開始？

28. 달력에는 6 [유] 월 10 [십] 일부터라고 되어 있는데요 .
    月曆上說是六月十日開始。

29. 장마는 얼마나 계속됩니까 ? 雨季會持續多久？

30. 글쎄요 , 보통 2 주일간인데 , 때로는 훨씬 더 오래 ......
    한달이나 계속되는 수가 있지요 .
    噢，普通兩個禮拜，有時更久……也可能會持續一個月。

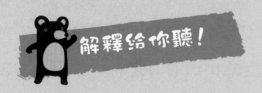

1. 動詞語幹 + 는 것 같다 像~一樣

봄이 되면 만물이 소생하는 것 같다 . 春天一到，萬物像回復生氣一般。

올해는 절기가 늦게 드는 것 같구나 . 今年節氣好像晚了耶！

---

2. 形容詞或이다的語幹 + ㄴ (은) 것 같다 像是~

날씨가 좀 추운 것 같아요 . 天氣好像有點冷了。

오늘 아침에 좀 피곤한 것 같아요 . 今早好像有點疲勞。

그 분이 선생님인 것 같아요 . 他像是老師的樣子。

장마철은 아닌 것 같다 . 好像不是雨季。

---

3. 되겠다 將是、將成為~

되었다 已是、已經成為~

시작되었다 已開始~

부자가 되겠다 . 將成富翁。

벌써 시간이 다 되었다 . 時間已到。

어른이 되었다 . 已是成人了。

봄이 되었다 . 春天已到。

장마철이 시작됐다 . 雨季已開始了。

---

4. 이르다 早的、告知 (르變則)、到達 (러變則)

a. 아직 시간이 이르다 . 時間尚早。

이를수록 좋다 . 越早越好。

결혼하기는 아직 이르다 . 結婚尚早。

b. **아버지한테 이르겠다 .** 我要告訴爸爸。

내가 저녁 식사에 늦겠다고 어머니한테 일렀다 .

我告訴媽媽要晚回來吃晚飯。

c. **목적지에 이른다 .** 到達目的地。

손해가 10 만원에 이르렀다 . 損害到達十萬元之多。

성공에 이르는 길 . 到達成功之路。

[르變則]	이르다（告知）	일러	일렀다
	부르다（吹、颳）	불러	불렀다
	누르다（壓）	눌러	눌렀다
[러變則]	이르다（至）	이르러	이르렀다
	푸르다（藍的）	푸르러	푸르렀다

5. **훨씬** 指程度上「～得多」

이것이 저것보다 훨씬 크다 . 這個比那個大得多。

이 편이 훨씬 좋다 . 這邊好得多。

훨씬 저쪽에 있다 . 在好遠那邊。

훨씬 이전에 ...... 許久以前……

 翻成中文，再用韓語練習看看！

1. **이제는 곧 장마철이 되겠지요 ?**

2. **장마철은 아닌 것 같아요 . 아직 시기가 이르니까요 .**

3. **마치 여름이 온 듯 해요 .**

4. **날씨가 따뜻해질 때 , 다시 가겠어요 .**

5. **따뜻한 봄이 되면 제비가 남쪽에서 돌아와요 .**

10 계절(二)
季節（二）

MP3 10

1. **이제는 여름도 벌써 지나간 것 같습니다 .**
   現在好像夏天已過了似的。

2. **네 , 이젠 제법 가을 날씨가 아닙니까 ?**
   是啊，現在簡直就是秋天氣候了，不是嗎？

3. **가을은 천고마비의 계절이라 합니다 .**
   都說秋天是天高馬肥的季節。

4. **가을보다 봄이 낫다는 사람도 더러 있지만 , 나로서는 가을이 더 좋은 것 같아요 .**
   也有些人認為春天比秋天好，可是以我來說秋天似乎更好。

5. **왜냐하면 , 첫째로 가을은 식욕이 좋아지는 계절이고 , 다음으로는 독서하기에 좋은 때이니까요 .**
   因為第一秋天食慾大增，其次它是讀書的好季節。

說說看！

제법	頗、相當	**식욕**	食慾
낫다	好	**독서하다**	讀書
- 보다	（助詞）比～	**과식 (過食) 하다**	食過量
더러	一些、有時	**천고마비**	天高馬肥
왜냐하면	因為	**처음**	初次

6. 정말 그렇습니다 . 그러나 과식하거나 감기 들지 않도록 조심하세요 . 真是如此。但請小心別食過量，別感冒。

7. 감나무의 감이 빨갛게 익었어요 . 柿子樹上的柿子紅熟了。

8. 금년 겨울은 몹시 춥지요 ? 今年冬天很冷吧？

9. 네 , 이렇게 추운 겨울은 서울에서는 처음인 것 같아요 . 是啊，這麼冷的冬天在首爾好像是頭一回。

10. 아니요 , 금년 겨울은 그다지 춥지 않아요 . 不，今年冬天不怎麼冷啊！

11. 오늘 아침 일곱 시엔 영하 9 도였습니다 . 今天早晨七點鐘是零下九度。

12. 정말 그랬어요 ? 真是那樣嗎？

13. 네 , 온도계가 그렇게 되어 있어요 . 對啊，溫度計上是那樣。

14. 오늘 아침은 유난히 춥다 싶더니 온도가 무척 낮군요 . 難怪今天早晨特別冷，原來溫度非常低啊！

영하	零下	전야	前夜
온도계	溫度計	만찬회	晚餐會
유난히	特別地	감	柿子
크리스마스	X'mas	빨갛다	紅色的
축하하다	祝賀	익다	熟、熟練（的）、熟悉（的）

15. 크리스마스 축하합니다 . 聖誕快樂！

축하합니다 . 恭禧你！

16. 예쁜 크리스마스 선물을 주셔서 감사합니다 .
謝謝你送的漂亮聖誕禮物。

17. 천만의 말씀입니다 . 哪裡哪裡。

18. 크리스마스 전야에 만찬회가 있는데 와 주시겠어요 ?
聖誕前夕有晚餐會，你可以來嗎？

19. 갔으면 좋겠습니다만 , 선약이 있어서 미안해요 .
要是能去就好了，可我已有約了，很抱歉！

20. 신년을 축하합니다 . 恭禧新年！

새해에 복 많이 받으세요 . 新年萬福！

21. 어디 나가는 길입니까 ? （你）上哪兒去啊？

22. 네 , 아저씨에게 신년인사 드리러 가는 길입니다 .
噢，我去叔叔家拜年。

說說看！

춘련	春聯	인사 (人事)	問候、致意
붙이다	貼	여느때	平常的
초하루	初一（日）	상점	商店
세배 (歲拜) 하다	拜年	연말 대바겐쎄일	年終大減價
선약 (先約)	先約	(年末大 bargain sale)	

23. 그러면 다시 연락드리겠습니다 . 那我再跟你聯絡。

24. 길가는 사람들도 여느때보다 바쁜 것 같지요 ?
    走路的人們也好像比平日忙碌的樣子，對不對？

25. 정말 그래요 . 的確如此。

26. 백화점에서는 연말 대바겐쎄일을 시작하고 있어요 .
    百貨公司正在舉辦年終大特賣。

27. 대만에서도 이런 대바겐쎄일을 합니까 ?
    台灣也舉辦這種大特賣嗎？

28. 네 , 타이완에서도 마찬가지예요 . 是的，台灣也一樣。

29. 중국사람은 섣달그믐이 되면 집마다 모두 춘련을 써서
    붙여요 . 中國人一到除夕的話，每家都寫春聯貼上。

30. 정월 초하루에는 다 새옷을 입고 어른을 찾아 뵙고
    세배를 해요 . 正月初一，人們都穿上新衣去給長輩拜年。

섣달그믐	除夕
설	舊曆年
신정 (新正)	新曆年

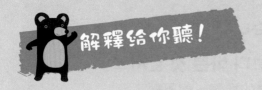

1. 더러

a. 一些、有時

그런 사람도 더러 있다 . 也有一些那樣的人。

나한테도 더러 놀러 와 . 有時也來找我玩嘛！

b. = 에게

아저씨께서 나더러 심부름 가라고 하신다 . 叔叔叫我跑差事。

선생님이 우리더러 공부 잘하라고 하셨다 . 老師叫我們好好用功。

2. 더니 表事實的原因或根據，或因而知道某一事實

장마가 그치더니 날씨가 차차 더워집니다 . 雨季結束了，天氣漸漸變熱。

노력을 하더니 마침내 선공했다 . 因為努力終於成功了。

갑자기 흐리더니 소나기가 퍼붓는다 . 突然天陰了，驟雨傾盆而下。

3. 여느때 平時

그는 여느때 보다 일찍 나왔다 . 他比平時早來了。

그애는 여느때와 다른 데가 없다 . 那孩子跟平時沒兩樣。

여느때 같았으면 떠들썩한 소리가 들려왔을 것이다 .

像平常一樣的話會聽到吵鬧聲。

4. **무리가 아니다** 難怪、不是沒道理的

   그가 화내는 것도 무리는 아니다 . 他發火也不是沒道理的。

   자기 아들 자랑하는 것도 무리가 아니구나 ! 難怪他會誇耀自己兒子。

   오늘 유난히 춥다 싶더니 무리가 아니군요 ! 難怪今天好像特別冷啊！

5. **천고마비의 계절** 韓國人稱秋天為「天高馬肥」的季節，我們說「秋高氣爽」，

   譯成韓文是：「가을 하늘은 높고 날씨는 상쾌하다」。

 翻成中文，再用韓語練習看看！

1. 오늘 아침에는 영하 19 도였습니다 .

2. **왜냐하면 , 요즘은 날씨가 자꾸 바뀌니까요 .**

3. 한국에서는 겨울이 언제 시작됩니까 ?

4. **여름은 바닷가가 재미는 있지만 , 몹시 더워요 .**

5. 중국에서는 섣달그믐이 되면 설 기분이 고조에 달하지요 ?

CH 02
| 交際篇 |

1 아주 일찍 일어나셨군요!

您起得真早啊！

장 :	**안녕하십니까!**
張 :	您早！

왕 :	**미스 장 안녕하세요.**
王 :	張小姐早。

장 :	**오늘 일찍 일어나셨군요!**
張 :	您今天起得真早啊！

일찍	早	정원 (庭院)	庭院
일어나다 , 기상하다	起床	공원 (公園)	公園
매일 (每日), 날마다	每天	운동 (運動) 하다	運動
항상 (恒常)	經常	배드민턴	羽球
다섯 시 반	五點半	건강 (健康) 하다	健康

왕 : 나는 매일 다섯 시 반에 일어납니다 .

王 : 我每天五點半就起床。

장 : 나는 날마다 정원에서 운동을 해요 .

張 : 我天天在院子裡運動。

왕 : 저도 매일 공원에 가서 배드민턴을 쳐요 .

王 : 我每天到公園裡去打羽毛球。

장 : 그래서 , 몸이 그렇게 건강하군요 !

張 : 怪不得，你的身體那麼好！

왕 : 고마워요 . 미스 장도 아주 날씬합니다 .

王 : 謝謝。張小姐也很苗條。

고맙다 , 감사합니다	感謝、謝謝	**그래서**	因此
날씬하다	苗條的	**그렇게**	那麼地
뚱뚱하다	肥胖的	**만나다**	見面
요 며칠	這幾天		
며칠간 (- 間)	幾天以來		

장 : 요며칠간 날씨가 덥지도 춥지도 않아 운동하기엔 아주 좋아요 .

張 : 這幾天天氣不冷不熱的，運動很適宜。

왕 : 예 , 정말 그렇습니다 .

王 : 是啊，真是不錯。

장 : 내일 또 만나뵙겠어요 .

張 : 明天再見！

왕 : 안녕 .

王 : 再見。

안녕하세요!

您好！您早！

안녕히 주무셨어요?

早安！

선생님 안녕하세요!

老師早。

여러분 안녕하세요!

同學們 (各位) 早！

아주 일찍 일어났다.

起得很早。

그는 말을 아주 빨리 한다.

他說得很快。

그녀는 그렇게 늦게 왔다.

她來得那麼晚。

나는 밥먹는 것이 빠르다.

我飯吃得快。

- 에 가서 ...... 　　到 (哪裡) 去～
- 에 도착하다 　　到達 (某地)
어디로부터 ...... 　　從那裡～
어디를 향하여 ...... 　　向 (往) 哪裡～
- 에게 주다 　　給 (某人)

나는 학교에서 책을 읽는다 .
我在學校念書。

나는 도서관에 가서 책을 읽는다 .
我到圖書館去念書。

나는 시장에 가서 옷을 샀다 .
我到市場去買了衣服。

그는 어디서 이곳으로 왔습니까 ?
他從那裡來到這兒？

당신은 동쪽으로 곧장 가십시오 .
您請向東一直走。

선생님께서 나에게 책 한 권을
사 주셨다 .
老師給我買了一本書。

어쩐지　　　難怪、怪不得

그래서　　　因此、所以

책망이나 비난할 수 없다 .
不能責怪、怪不得 (他)。

탓할 수 없다 . 不能錯怪。

눈이 왔구나 , 어쩐지 이렇게 춥더라 .
下雪了啊，怪不得這麼冷。

이것은 내가 틀렸으니 그를 책망할 것 없다 .
這是我弄錯了，怪不得他。

그렇군요 . 그래서 몸이 그렇게 건강하군요 !
原來如此，難怪身體那麼健康。

04

안녕히 가세요 !

再見！(對客人說)

안녕히 계십시요 !

再見！(對主人說)

내일 만나 !

明天見！

또 만나 . 잘 가 !

再見，好走！

또 만나 . 잘 있어 .

再見。留步 (好好待著。) !

 **練習** 翻成中文，再用韓語練習看看！

1. 너 오늘 글씨 참 잘 썼다 .

2. 매일 아침 태극권을 익히시나요 ?

3. 어쩐지 그녀가 아주 날씬하더군 !

4. 어제 비가 와서 운동장이 운동하기에 적절하지 못합니다 .

5. 너는 어디에서 그 책을 샀니 ?

2 (당신) 생일은 언제입니까 ?

MP3 12

您的生日是哪天？

왕 : 네 생일은 몇 월 며칠이니 ?

王 : 您的生日是幾月幾日？

장 : 내 생일은 10 월 5 일 (시월 오일) 가을이야 , 너는 ?

張 : 我的生日是十月五日，正是秋天，你呢？

왕 : 나는 3 월 6 일 (삼월 육 일) 따뜻한 봄날이야 .

王 : 我是三月六日，正是暖和的春天。

說說看！

생일 (生日)	生日	때 , 시절 (時節)	時候
몇월	幾月	언제	何時
며칠	幾天、幾日	4 계절 (- 季節)	四季
시월	十月	가을철	秋季
유월	六月	기후	氣候

장 : 우리 집은 참 묘하다 .

張 : 我們家真妙。

왕 : 어째서 ?

王 : 怎麼說？

장 : 우리 아버지와 누나의 생일은 여름이고 , 어머니와 동생은 가을 , 형과 여동생은 겨울 , 사계절 모두 생일이 있어 .

張 : 我父親和姊姊生日是夏天，母親和弟弟是秋天，哥哥和妹妹 是冬天，四季都有。

왕 : 우리 아빠 생일은 조금 추울 때야 .

王 : 我爸爸生日在稍微冷一點的時候。

장 : 우리 엄마의 생일은 춥지도 덥지도 않은 가을철인데 .

張 : 我媽媽生日是在不冷不熱的秋天。

참 묘하다 ,	真妙、真是巧	여동생 (女同生)	妹妹
정말 공교 (工巧) 롭다		조금 , 약간 (若干)	一些
형 , 오빠	哥哥	분명 (分明) 하다 ,	分明
누나 , 언니	姊姊	뚜렷하다	
남동생 (男同生)	弟弟		

왕 : 한국의 기후는 사계절이 뚜렷하고 아주 좋아 .

王 : 韓國的氣候四季分明非常好。

장 : 캐나다하고 비슷해 .

張 : 跟加拿大差不多。

왕 : 캐나다는 겨울에 더 춥지 않아 ?

王 : 加拿大冬天更冷不是嗎？

장 : 서울에도 영하 30 도까지 내려간 일이 있지 않아 ?

張 : 首爾不是也有到達過零下三十度的嗎？

說說看！

아주 , 대단히 , 매우 , 상당히	很、非常、相當
비슷하다 , 별 차이 없다	相似、無甚差別
추석 (秋夕), 한가위	中秋
생각하다 , 여기다	想、認為

몇	幾
약간의	幾個
몇이	幾人
몇 월	幾月
며칠	幾日
얼마나 많이	幾多

며칠이면 완공될 수 있을까요 ?
幾天可以完工？

그는 오늘 단지 말을 몇 마디만 했다 .
他今天只說了幾句。

요 며칠동안 그는 학교에 가지 않았다 .
這幾天他沒上學。

어째서 ?	怎麼？／怎麼說？
왜 ?	怎麼？／為何？
왜 그래 ?	怎麼了？（為何那樣？）
어때 ?	怎麼樣？／如何？

너 오늘 왜 그래 ?
你今天怎麼了？

그가 어떻게 됐어 ?
他怎麼了？

네 생각엔 어때 ?
你認為怎麼樣？

와 / 과 , 하고 和、跟

너와 나는 서로 안 지가 이미 오래다 .
我和你相識已久。

나와 네가 같이 간다 .
我和你一起走。

그와 나는 키가 똑같다 .
他跟我一樣高。

03

마침 正好

시간적으로 딱 맞았다 .
時間上正巧。

너 마침 잘 왔다 .
你來得正好。

마침 그때 비가 왔다 .
正好那時下雨了。

마침 그 친구를 만났다 .
正好遇見了那個朋友。

04

A 도 아니고 , B 도 아닌 ......
不是 A，也不是 B 的～

- 지도 않고 , - 지도 않은 ......
不～不～的～

덥지도 않고 , 춥지도 않은 ......
不冷不熱的～

05

서두르지 않고 차분한 ......
不慌不忙的～

마음이 차분하다 .
鎮定、保持沉著。

모르는 사이에
在不知不覺中

위도 아래도 아닌 중간
不上不下的當中

먹지도 마시지도 않는다 .
不吃不喝。

翻成中文，再用韓語練習看看！

1. 오늘은 누구 생일입니까 ?

2. 묘하게도 , 오늘은 진 선생과 미스 장의 생일이에요 .

3. 한국의 겨울은 중국에 비해서 춥습니까 ?

4. 나는 서울에서 출생하여 따뜻한 부산에서 살았다 .

5. 한국의 기후는 사계절이 뚜렷하며 참 좋다 .

3 오늘은 무슨 요일입니까?

今天是禮拜幾？

왕 : 오늘은 무슨 요일이지요 ?

王 : 今天是禮拜幾？

김 : 오늘은 금요일이에요 .

金 : 今天是禮拜五。

왕 : 당신 여자 친구가 무슨 요일에 오나요 ?

王 : 你女朋友禮拜幾來？

說說看!

요일 (曜日)	星期、禮拜	목 (木) 요일	星期四
일 (日) 요일	星期日	금 (金) 요일	星期五
월 (月) 요일	星期一	토 (土) 요일	星期六
화 (火) 요일	星期二	프로그램	節目
수 (水) 요일	星期三	방송 (放送) 하다	廣播

김 : **내 여자 친구는 토요일에 올 거예요 .**

金 : 我的女朋友禮拜六會來。

왕 : **그녀는 무슨 요일에 떠날 예정인가요 ?**

王 : 她預定禮拜幾要走？

김 : **그녀는 일요일 오후에 떠날 거예요 .**

金 : 她禮拜天下午要走。

왕 : **방송국에서 한국어 회화 프로그램은 무슨 요일에 방송하나요 ?**

王 : 廣播電台的韓語會話節目是星期幾播出？

김 : **매주 월요일 , 수요일 , 금요일 저녁 일곱 시에 방송해요 .**

金 : 每個星期一、三、五傍晚七點播出。

방영 (放映) 하다	放映	다음 주	下個星期
준비 (準備) 하다	準備	이번 주 , 금주	這個星期
중간 고사 / 시험 (中間考查 / 試驗) 期中考		무슨	什麼
주	週	무슨 일	什麼事
지난 주	上個星期	무슨 요일 (- 曜日)	禮拜幾、星期幾

왕 :　지난 주에 당신은 무엇을 하셨어요 ?

王 :　上個星期你做什麼了？

김 :　지난 주에 저는 중간 고사 준비를 했어요 .

金 :　上星期我準備期中考試了。

왕 :　당신네 중문과는 언제 시험칩니까 ?

王 :　你們中文系什麼時候考試？

김 :　우리는 다음 주 수요일에 중간고사가 시작됩니다 .

金 :　我們下個星期三開始期中考（試）。

說說看 !

무슨 말 , 무슨 이야기	什麼話	시작 (始作) 하다	開始
떠나다	走、前往、離開、出發	구두시험 (口頭試驗)	口試
학기말 시험 (學期末試驗)	期末考		
중문과 (中文科)	中文系		

오늘은 무슨 요일입니까 ?

今天是禮拜幾？

내일은 무슨 요일입니까 ?

明天是禮拜幾？

모레는 무슨 요일입니까 ?

後天是禮拜幾？

15(십오) 일은 무슨 요일입니까 ?

十五日是禮拜幾？

01

- ㄹ 것이다　會～（表未來）

-을 (를) 할 줄 안다

會～（表能力）

나는 한국말을 할 줄 안다 .

我會說韓國話。

그는 오늘 올까 ?

他今天會來嗎？

그는 농구를 칠 줄 모른다 .

他不會打籃球。

오늘은 비가 안 올 것이다 .

今天不會下雨。

02

아마 - ㄹ 것이다 可能、大概

그는 아마 이 일을 알고 있을 것이다 .
他可能知道這件事。

그녀는 아마도 오늘 다시 올 것이다 .
她今天可能會再來。

아마 그럴 것이다 .
大概是那樣。

하다 , 만들다 , 짓다 做

요리하다 做菜

옷을 만들다 做衣服

밥을 짓다 做飯

집을 짓다 蓋房子

사람 노릇 做人

벼슬을 지내다 做官

좋은 짓인지 나쁜 짓인지 做好做歹

친구로 삼다 當作朋友

지난 過去的、上一個

지난 주 上星期

지지난 주 上上星期

다음 주	下星期
지나간	過去了的
지난 달	上個月
지지난 달	上上個月
다다음 달	下下個月

지난 주 우리는 중간 시험을 끝냈다 .

上個禮拜，我們考完期中考了。

지난 달 (먼저 달) 에 그들은 서울에
갔었다 . 上個月他們去了首爾。

나는 내주 수요일 선생님을 방문할
생각이다 . 我想下個星期三拜訪老師。

翻成中文，再用韓語練習看看！

1. 나는 지난 주 화요일에 배우기 시작하여 오늘에서야 끝마쳤다 .

2. 다음 주 월요일부터 중간고사를 치르게 될 것 같습니다 .

3. 거리가 그렇게 먼데 그가 올까 ?

4. 밥 다 됐어요 ?

5. 오늘 한국어 회화 프로그램은 몇 시에 방송합니까 ?

4 댁은 어디신가요 ?

您府上是哪裡？

진 :　미스 유 , 고향이 어디시죠 ?

陳：　劉小姐，故鄉是哪裡？

유 :　저는 서울에서 태어났어요 .
　　　진 선생님은 고향이 어디세요 ?

劉：　我是首爾出生的。
　　　陳先生，家鄉是哪裡？

태어나다 , 출생하다	出生	- 에 살다	住在～
대만 , 타이완	台灣	종로 3 가 (鐘路三街)	鐘路三街 (三段)
댁 (宅)	府上、您	영동 (永洞)	永洞
어느 곳 ,	什麼地方、	대한은행 (大韓銀行)	大韓銀行
어느 지방	哪個地方	맞은편	對面

진 : 대만인데요 . 미스 유 댁은 어디신가요 ?

陳 : 台灣。 劉小姐府上在什麼地方 ?

유 : 저는 종로 3 가에 살고 있어요 . 선생님은요 ?

劉 : 我住在鐘路三街（三段），您呢 ?

진 : 저는 영동 대한은행 맞은편에 살고 있어요 .

陳 : 我住在永洞大韓銀行對面。

유 : 그곳은 아주 번화하지요 ?

劉 : 那個地方很熱鬧吧 ?

진 : 그래요 . 최근 몇 년 사이에 번화해졌어요 .

陳 : 對啊，最近幾年熱鬧起來了。

사범대학교 (師範大學校)	師範大學	어느 분야 (分野)	哪一方面、
번화하다 , 혼잡하다	熱鬧		哪一行、什麼領域
맞다 , 옳다	對	일하다	做事
최근 (最近)	最近	공무원 (公務員)	公務員
몇 년 , 몇 해	幾年	아직도	仍然、還是

유 : **진 선생님은 어느 분야에서 일하시지요?**

劉 : 陳先生是做哪一行的？

진 : **저는 공무원이에요. 댁은 ......**

陳 : 我是個公務員，您是⋯⋯

유 : **저는 아직 공부하고 있어요.**

劉 : 我還在念書。

진 : **어느 학교에 다니세요?**

陳 : 上哪一個學校？

유 : **사범대학교에 다녀요.**

劉 : 我上師範大學。

說說看！

| 책을 읽다 , 공부하다 | 讀書、學習 |
| 학교 다니다 | 上學 |

01

고향이 어디십니까?
老家哪裡？／府上是哪裡？

02

당신 댁은 어디십니까?
您住哪兒？／府上在哪兒？

번화하다 繁華、熱鬧

번화해졌다 熱鬧起來了、變繁華了

번화한 곳 熱鬧的地方

서울에서 제일 번화한 곳은
명동입니까?
首爾最熱鬧的地方是明洞嗎？

03

04

어디서 직무를 수행하십니까?
在哪兒高就？

어디서 일하고 계십니까?
在哪兒工作？

아직도 공부한다 . 還在念書。

여전히 - 하고 있다 還在做～

여전히 학교 다니고 있어요 .
還在學校念書。

그들은 공을 치고 있어 .
他們正在打球。

그는 점심을 먹고 있어 .
他正在吃午飯。

05

 練習

翻成中文，再用韓語練習看看！

1. 김선생님 , 당신 고향은 어디십니까 ?

2. 서울은 최근 10 년 동안 점점 번화해졌다 .

3. 당신은 어디서 근무하십니까 ?

4. 저는 아직도 대학교에 다닙니다 .

5. 어느 학교에 다니십니까 ?

5 누구십니까？

哪一位？

MP3 15

진：	미스 유 집에 있어요？
陳：	劉小姐在家嗎？

유：	누구십니까？
劉：	請問您是哪位？

진：	저는 진 석일입니다.
陳：	我是陳石一。

說說看！

집에 있다	在家	빌려간	借走的
댁에 계시다	在家（敬語）	돌려주다	還給
들어오세요	請進	돌려 드리다	還給（敬語）
덕택에 / 덕분에	託您的福、託福	급하다	急
전번（前番）/ 지난번	上次	급하지 않다	不急

유 : 아 ! 진 선생님이셨군요 !
　　들어오세요 . 진 선생님 안녕하세요 ?
劉 : 啊！原來是陳先生！
　　請進，陳先生您好！

진 : 아저씨 , 아주머니 모두 안녕하시지요 ?
陳 : 大叔大嬸都好嗎？

유 : 감사합니다 . 모두들 안녕하시죠 .
　　댁내 모두들 안녕하시죠 ?
劉 : 謝謝。都好。
　　您家人都好吧？

진 : 덕택에 잘 있어요 . 정말 당신 만나기 힘들군요 .
陳 : 託福託福，真不容易見著您啊！

과자 (菓子) / 비스킷	餅乾
가지고 오다	帶來
가져오다	帶來
가져가다	帶走

유 : **지난번에 마침 집에 없어서 참 미안했어요 .**

劉 : 上次正好不在家，真抱歉。（真過意不去。）

진 : **정말 오랫만에 뵙는군요 .**

陳 : 真是好久沒見了。

유 : **무슨 일이 있으세요 ?**

劉 : 有什麼事嗎？

진 : **별일 아니예요 . 전번에 빌려간 책을 돌려 드리러 왔어요 .**

陳 : 沒什麼事。我把上回借去的書還來了。

유 : **급하지 않아요 ! 그 책은 급히 쓰는 책이 아니예요 .**

劉 : 不急不急，那本書不急著用。

진 : **제가 과자를 조금 사 가지고 왔어요 .**

陳 : 我買了一點餅乾帶來了。

유 : **뭘 그런 걸 다 사 가지고 오세요 .**

劉 : 幹嘛還買東西來呢。

- 군요！ 尊敬感嘆語尾

- 군！＝ - 구나！ 普通感嘆語尾

김선생이셨군요！ 原來是金先生！

알고 보니 너였구나！
一打聽 (一問之下) 原來是妳！

아 , 이렇게 된 일이었군！
啊，原來如此！

- 세요 / - 십시오 / - 어요
尊敬命令語尾，相當於「請～」

어서 오십시오 . 　　　請進！

앉으십시오 . / 앉으세요 . 請坐。

들어 오세요！ 　　　請進！

걱정하지 마세요 . 請別擔心。

말씀 좀 묻겠어요 . 有話要請教 (您)。

다녀오겠어요 . 　　　我去去就來。

좀 맞춰 보세요 . 　　請猜猜看。

(알아) 맞추었다 . 猜著了。

맞췄다 . 打著了。

가져오다	帶來
가져가다	帶去
돌아오다	回來
돌아가다	回去
들어오다	進來
들어가다	進去

뭘 / 무엇을　什麼事、幹嘛～

그는 뭘 하는 사람이냐 ?　他是幹什麼的？

뭘 그렇게 화내 ?　幹嘛那麼發火？

뭘 해 ?　做什麼？

뭘 그런 걸 다 사와 ?
幹嘛還買那些東西來呢？

뭘 그런 말을 다 하니 ?
幹嘛那麼客氣（說那些話）。

練習

翻成中文，再用韓語練習看看！

1. 어머 ! 너였구나 , 만나서 반갑다 .

2. 덕분에 집안 식구들 모두 잘 지내고 있어요 .

3. 정말 그를 보기가 어려워요 . 무슨 일이 생겼나요 ?

4. 그 책은 아주 급한거야 , 오늘 가져와야 돼 .

5. 너무 사양하지 마시고 들어오세요 .

6 비싸지 않은 편입니다.

不算貴。

왕 : 쇼핑을 가려고 해요 .
王 : （我）想去買東西。

박 : 나도 같이 갈까요 ?
朴 : 我也一塊兒去好嗎？

왕 : 그럼 , 우리 같이 가요 .
王 : 當然！那我們一起去吧。

비싸다	貴的	목도리 / 마후라	圍巾
싸다	包、便宜的	어떤 (어떠한)	如何的
그럼	那麼	어떻게 (어떠하게)	如何
사다	買	종류 (種類)	種類
팔다	賣	빨간색	紅色

박 : 무엇을 사시렵니까 ?

朴 :　你想買什麼？

왕 : 목도리 하나 사려는데요 .

王 :　我想買一條圍巾。

박 : 어떤 종류의 것을 사시렵니까 ?

朴 :　想買哪一種？

왕 : 빨간색을 사고 싶어요 .

王 :　我想買紅色的。

박 : 빨간색에도 여러 종류가 있어요 .

朴 :　紅色也有很多種。

김 : 손님께서는 어떤 것을 원하세요 ?

金 :　客人您要哪種？

빨갛다	紅色的	완전 (完全)	完全
손님	客人	순 실크	純絲
원 (願) 하다	喜歡	제품 (製品)	產品
- ㄴ 편	～的一邊	마음에 들다	稱心、合心意
쇼핑	購物	색깔 , 색	顏色、色

왕 : 저는 완전 실크 제품을 원하는데요 .

王 : 我要買全絲的。

김 : 이것이 어때요 ? 좋습니까 ? 마음에 드십니까 ?

金 : 這個好不好？喜歡嗎？稱心嗎？

왕 : 그 색깔이 아주 흡족하지는 못하군요 .

王 : 那顏色不很喜歡。

김 : 그러면 이것이 꼭 마음에 드실 겁니다 .

金 : 那麼這個你一定會喜歡的。

왕 : 이것 하나에 얼마예요 ?

王 : 這多少錢一條？

박 : 가격은 비쌉니까 ?

朴 : 價格貴不貴？

김 : 비싸지 않은 편입니다 . 하나에 10,000 원입니다 .

金 : 不算貴，一萬元一條。

왕 : 싸지 않아요 . 좀 더 싸게 해 주실 수 있어요 ?

王 : 不便宜，能不能少算一點兒？

김 : 특별히 손님에게 9,500 원에 드리면 되겠습니까 ? 더 깎으시면 팔 수 없어요 .

金 : 特別給你優待算九千五好嗎？再少了不能賣。

왕 : 좋아요 . 한 장 포장해 주세요 .

王 : 好吧。給我包一條。

김 : 예 , 감사합니다 .

金 : 是，謝謝。

흡족 (洽足) 하다	滿意、滿足	포장하다 , 싸다	包裝
얼마	多少		
가격	價格		
특별 (特別) 히	特別地		
깎다	削		

解釋給你聽！

얼마　多少、多少錢

이 학교에는 몇 명의 학생이 있습니까 ? 這學校有多少學生？

우리의 인생에서 아직 얼마 되는 날들이 남아 있을까 ?
我們的人生還有多少日子呢？

나는 아는 것이 있으면 모두 이야기한다 . 我知道多少就說多少。

목도리 하나	一條圍巾
종이 한 장	一張紙
돌맹이 하나 / 한개	一塊小石頭
고기 한 덩어리	一塊肉、一片肉
일 한 건	一件事情
집 한 채	一幢房
쌀 한 알	一粒米
한 알의 씨앗	一粒種子
손수건 한장	一條手帕

책 한 권	一本書
젓가락 한 모	一雙筷子
우산 하나 (한 자루)	一把傘
눈 하나	一隻眼睛
산 하나	一座山
비행기 한 대	一架飛機
자동차 한 대	一輛汽車
사진기 한 대	一架照相機
모자 하나	一頂帽子

색깔 , 색	顏色
빨간색	紅色
초록색	綠色
검정색	黑色
보라색	紫色
노란색	黃色
청색	青色
흰색	白色
주황색	朱黃色
생상 (色相)	色樣、色調

03

원하다 , 희망하다 , 생각하다 , 하려고 하다 , 하고 싶다 想~

나는 영국에 한 번 가 보고 싶다 .
我想去英國一趟。

너는 어떤 요리를 먹고 싶니 ?
你想吃什麼菜？

여행을 가려고 한다 . 想去旅行。

무엇을 생각하고 있니 ? 你在想什麼？

조금 깎아줄 수 없니 ?
能不能少算一點兒？

깎아 주다 給便宜（削價）

할인해 주다 給打折

한 다스 사시면 일할 할인해 드립니다 .
買一打，打九折給你。

이할 八折

삼할 七折

翻成中文，再用韓語練習看看！

1. 이 빨간 목도리 하나에 얼마입니까 ?

2. **누구나 좀 더 싸게 사려고 합니다 .**

3. 당신은 어떤 색상의 장갑을 원하십니까 ?

4. **이 색깔은 제가 특별히 좋아하는 색입니다 .**

5. 이 모자는 색깔이 좋지 않고 , 가격도 아주 비쌉니다 .

7 영어 참 잘 하시는군요.

您英語說得真好。

MP3 17

왕 :   중국어 할 줄 아세요 ?

王 :   您會說中國話嗎？

박 :   조금 할 수 있어요 .

朴 :   我會說一點兒。

왕 :   영어 참 잘 하시는군요 !

王 :   您英語說得真好！

說說看！

조금	一點點	**어렵게**	困難地
- 밖에 모르다	只會～	**언제**	何時
쉽다	容易的	**하기 시작하다**	開始做
어렵다	困難、不容易	**반년**	半年
쉽게	容易地	**이전**	以前

박 : 아니요 . 조금 밖에 모릅니다 .

朴 : 哪裡，我只會一點兒。

왕 : 중국어는 쉽게 배울 수 있어요 ?

王 : 中國話容易學嗎？

박 : 아주 쉽게 배울 수 있어요 .

朴 : 很容易學。

왕 : 언제부터 중국어를 배우기 시작하셨어요 ?

王 : 您什麼時候開始學中國話的呢？

박 : 반년 전에 중국어를 배우기 시작했어요 .

朴 : 半年前開始學中國話。

왕 : 어디서 배웠어요 ?

王 : 在哪裡學的？

배우다	學習	쉬운	容易的
가르치다	教	간단한 , 단순한	簡單的、單純的
읽다	唸		

주음부호 (注音符號)　注音符號

한어병음자모 (漢語拼音字母)　漢語拼音字母

박 : 저는 대학에서 중국어를 배웠어요 .

朴 : 我在大學裡學的 (中國話) 。

왕 : 어느 선생님이 가르치셨나요 ?

王 : 哪位老師教的 ?

박 : 고 선생님이 가르쳐 주셨어요 .

朴 : 高老師教的。

왕 : 중국어 배우기가 어렵습니까 ?

王 : 中國話學起來難不難 ?

박 : 중국어 배우기가 그다지 어렵지 않아요 .

朴 : 中國話學起來不太難。

왕 : 그럼 , 주음부호 읽을 수 있나요 ?

王 : 那你會唸注音符號嗎 ?

박 : 읽을 줄 알아요 . 한어병음자모도 읽을 수 있는 걸요 .

朴 : 我會。漢語拼音字母也會唸。

왕 : 정말 쉬운 일이 아니군요 !

王 : 真不簡單 !

- 에 接靜態動詞 **, - 에서** 接動態動詞　在

나는 학교에서 국문학을 공부했다 .
我在學校裡學習國文學。

그는 교실에서 책을 읽는다 .
他在教室裡念書。

너는 어디서 그 잡지를 샀니 ?
你在哪兒買了那本雜誌？

그는 집에서 식사를 하고 있다 .
他正在家裡吃飯。

사무실에는 아무도 없다 .
辦公室一個人也沒有。

그는 지금 집에 있다 .
他現在在家。

배우기가 어렵다 . 學起來難。

모두 일어나 보세요 . 請大家站起來！

보아하니 , 비가 올 것 같아요 .
看起來，要下雨的樣子。

날씨가 따뜻해지기 시작한다 .
天氣暖和起來了。

그는 몸을 숨겨 버렸다 .
他把身體隱藏起來了。

어린 애는 숨었다 . 小孩子躲起來了。

가르치다 教

그는 우리들에게 수학을 가르친다 .
他教我們數學。

그는 우리를 가르친다 .
他教我們。

그는 언어학을 가르친다 .
他教語言學。

가리키다 指

손으로 하늘을 가리킨다 .
用手指天。

손가락으로 방향을 가리킨다 .
用手指指方向。

- ㄴ 걸 (요)/- 는 걸 (요).
表感嘆之終結語尾，（加요表尊敬），語氣較婉轉

그분이 보수적인 걸요 !
他真保守！

그 책이 아주 좋은 걸요 !
這書真好！

그 책이 내 방에 있는 걸요 !
那本書在我房裡呀！

그분이 학교에 가는 걸요 !

他上學校去了呀！

어제 사람이 많았는 걸요 !

昨天人真多！

오늘도 사람이 많겠는 걸요 !

今天也可能會人多的呀！

＊오늘 사람도 많을 걸요 !

今天人也會多的吧！

↓

這一句語尾 - ㄹ **걸**表推測。也可表感嘆當時是該做而未做的意思。 如：

그것을 살 걸 .

那東西我真該買。

그가 했더라면 좋았을 걸요 .

他要做了就好了。（可惜沒做）

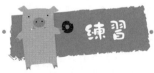

翻成中文，再用韓語練習看看！

1. 그도 중국어를 할 줄 압니까 ?

2. 그는 어제 여기서 중국어를 배우기 시작했습니다 .

3. 중국어 배우기가 어때요 ?

4. 정말 간단하지는 않군요 .

5. 저는 주음부호가 한어병음에 비해 비교적 읽기가 쉬워요 .

8 수업이 있어요 .

我有課。

박 : 수업 있니 ?

朴 :　你有課嗎？

왕 : 오늘 나는 3 시간 수업이 있어 .

王 :　今天有三堂課。

박 : 오늘 무슨 수업이 있니 ?

朴 :　都有些什麼課？

왕 : 국문학 , 심리학 , 한국어 회화야 .

王 :　國文學、心理學、韓國語會話。

수업（授業）	課	**1(한) 시간**	一小時、一堂課
과목（科目）	課目	**2(두) 시간**	二小時、二堂課
수업하다	上課	**1(일) 주일**	一週、一星期
수업이 있다	有課	**2(이) 주일**	二星期
수업이 없다	沒課	**심리학（心理學）**	心理學

박 : 수업시간은 몇 시에서 몇 시까지니 ?

朴 : （上課時間）是從幾點上到幾點？

왕 : 아침은 10 시에서 12 시이고 , 오후에 또 1 시간 수업
이 있어 .

王 : 早上十點到十二點，下午還有一堂課。

박 : 나하고 비슷하군 ! 나도 아침에 2 시간 있고 , 오후에
1 시간 수업이 있어 .

朴 : 跟我差不多，我也是早上兩堂，下午一堂課。

왕 : 어떤 과목들인데 ?

王 : 都是些什麼課？

박 : 영문학 , 철학사 , 경제학이야 .

朴 : 英文學、哲學史、經濟學。

철학사 (哲學史)	哲學史	학기 (學期)	學期
경제학 (經濟學)	經濟學	이번 학기	這學期
재미있다 , 흥미있다	有趣	다음 학기	下學期
모두 , 총계 (總計),	全部	지난 학기	上學期
합계 (合計)			

왕 : 어느 교수가 철학사 가르치시니 ?

王： 哪位教授教你們哲學史？

박 : 김 교수님 .

朴： 金教授。

왕 : 그 수업들이 모두 재미있니 ?

王： 那些課都有趣嗎？

박 : 괜찮은 편이야 . 어떤 과목은 아주 재미가 있어 .

朴： 還不錯，有些科目很有趣。

왕 : 너 일주일에 수업이 모두 몇 시간이니 ?

王： 你一個星期一共上幾堂課？

박 : 나는 이번 학기에는 일주일에 21 시간이 있어 .

朴： 我這學期一個禮拜有二十一堂課。

무슨 과목들이 있어요 ?

都有些什麼課？

멀기도 멀어 , 수천리나 떨어져 있구나 !

遠得很，有好幾千里遠！

이 선생 , 누가 당신을 찾고 있어요 .

李先生，有人在找您！

요즈음은요 , 옛 날 그 어느 때보다도 나아요 .

如今啊，可比過去任何時候都要強。

오후에 또 한 시간 있어요 .

下午還有一堂課。

그리고 또 있다 .

還有。

당신 또 문제가 있습니까 ?

您還有問題嗎？

또 무엇이 있어 ?

還有什麼？

너희들에게 무엇을 가르치시니 ?

教你們什麼？

김 교수님에게서 철학사를 배워요 .

跟金教授學哲學史。

이것들이   這些東西

그 사람들이   那些人

저 학생들이   那些學生

이것들이 모두 교과서입니까 ?
這些都是課本嗎 ?

그 사람들은 모두 농민들이다 .
那些人都是農民。

저 학생들은 우리학교 학생이 아닙
니다 .
那些學生不是我們學校的學生。

04

翻成中文，再用韓語練習看看！

1. 월요일과 화요일에 수업이 모두 몇 시간 있어요 ?

2. **오늘 수업은 오전 10 시부터 시작하여 오후 2 시까지 있다 .**

3. 나하고 비슷하군 , 나도 네 시간 수업이 있어 .

4. **가장 재미있는 과목은 철학사이다 .**

5. 나는 여기서 아직도 한 시간 수업이 남아 있다 .

수업시간은 몇 시에서
몇 시까지니?
（上課時間）是從幾點上到幾點？

9 이 책은 매우 인기가 좋습니다.

MP3
19

這本書很受歡迎。

왕 : 　좋은 서울 안내책이 있어요 ?

王 : 　有沒有好的首爾旅行指南？

점원 : 네 , 여기 바로 최근에 나온 것이 있어요 .

店員 : 　有的，這兒就是最近出版的東西。

왕 : 　이것이 좋아 보이는데 얼마입니까 ?

王 : 　這個看起來不錯，多少錢？

說說看！

매우	很、非常	최근 (最近)	最近
인기 (人氣)	人望、名氣	고맙다	感謝、謝謝
안내 (案內)	指導	중한사전 (中韓辭典)	中韓辭典
안내책 (案內冊)	指南	저자 (著者)	作者
바로	即、就是	누구	誰、某人

점원 : 오천원입니다 .

店員 : 五千元。

왕 : 한 권 주세요 .

王 : （請）給我一本。

점원 : 고맙습니다 . 또 필요하신 것은 없으십니까 ?

店員 : 謝謝。沒有別的要買的嗎？

왕 : 중한사전을 한 권 사려고 하는데요 .

王 : 想買一本中韓字典。

점원 : 네 , 이 책이 매우 인기가 좋아요 .

店員 : 喔，這一本很受歡迎。

왕 : 저자는 누구입니까 ?

王 : 作者是誰？

유명 (有名) 하다	有名的	소개 (紹介) 하다	介紹
사이즈 (size)	尺寸	팔리다 , 팔려나가다	被賣、賣完
문고판 (文庫版)	袖珍版	재판 (再版)	再版
페이지 (page)	頁	인쇄중 (印刷中)	印刷中
풍속 (風俗)	風俗	새롭다	新的

점원 : 유명한 김 박사입니다 .
店員 : 是有名的金博士。

왕 : 사이즈는 어떤 것입니까 ?
王 : 尺寸多大？

점원 : 문고판으로 천오백 페이지입니다 .
店員 : 袖珍版有一千五百頁。

왕 : 이것도 한 권 사겠습니다 .

그리고 한국의 풍속을 소개한 책은 없습니까 ?
王 : 這個也買一本。

還有，介紹韓國風俗的書沒有嗎？

점원 : 죄송하지만 다 팔렸습니다 .
店員 : 抱歉都賣完了。

왕 : 재판이 나옵니까 ?
王 : 再版要出嗎？

점원 : 네 , 지금 인쇄중입니다 .
店員 : 要，現在正在印刷中。

왕 : 새로운 것이 들어오거든 연락해 주십시오.

王 : 新書要是進來的話請通知我。

점원 : 네, 그렇게 하겠어요. 주소나 전화번호 좀 적어 주십
시오.

店員 : 是的，我會（那樣做）。 請留下地址或電話號碼。

왕 : 예, 대금은 여기서 드릴까요?

王 : 好，書費在這兒付嗎？

점원 : 아니요, 저쪽 계산대에 가서 계산하십시오.

店員 : 不，請到那邊櫃台付。

연락 (聯絡) 하다	聯絡
대금 (代金)	款項
저쪽	那邊
계산대 (計算臺)	櫃台、收銀台

放在名詞前修飾名詞的詞稱為冠形詞
動作動詞與存在詞**있다**都可有冠形詞形

나온 것 已出來的東西

사실 것（**살 것**加시表尊敬）要買的東西

---

a. 冠形詞形 - **는**表現在時態

책을 사는 사람이 내 학생입니다.

在買書的人是我學生。

비가 오는 것 같아요. 好像在下雨。

---

b. 冠形詞形 - **ㄴ（은）**表過去時態

책을 산 분이 김선생님이에요.

買了書的人是金先生。

내 구두를 닦은 분이 저기 있어요.

替我擦鞋的人在那邊。

---

c. 冠形詞形 - **ㄹ（을）**表未來時態

책을 살 분이 학교직원이에요.

要買書的人是學校職員。

사실 것이 더 있어요?

還有要買的東西嗎？

비가 올 것 같아요. 好像要下雨了。

01

- 아 보이다 看起來

그 책이 좋아 보이는데 .
那本書看起來不錯。

이 방이 커 보입니다 .
這房間看起來大。

그분이 젊어 보입니다 .
他看起來年輕。

그것이 맛있어 보여요 .
那東西看來好吃。

- 지만 雖然~可是~

그분은 한국사람이지만 , 중국말을 잘 해요 .
他雖是韓國人，中國話卻說得好。

그것이 좋지만 , 사지 않겠어요 .
那東西雖好，但我不要買。

공부했지만 , 잘 모르겠어요 .
雖然我用了功，可是我不了解。

가고 싶었지만 , 시간이 없었어요 .
當時雖然我想去，可是我沒時間。

비가 왔지만 , 갔어요 .
雖然下了雨，但是我去了。

시간이 있지만 , 안 가겠어요 .
雖然有時間，可是我不會去。

팔리다 被賣

다 팔렸다 ./ 다 나갔다 ./

다 떨어졌다 . 都賣光了。

미안하지만 , 다 팔렸어요 .
抱歉，都賣完了。

미안하지만 , 다 나갔습니다 .
抱歉，都賣完了。

미안하지만 , 그것은 다 떨어졌어
요 . 지금 없습니다 .
抱歉，那個都賣完了，現在缺貨。

04

翻成中文，再用韓語練習看看！

1. 이것은 그의 가장 좋은 작품이다 .

2. **그는 많은 무협소설을 읽었다 .**

3. 옥희는 한 완벽한 예술품을 창작하였다 .

4. **그의 소설 하나하나는 모두 베스트 셀러이다 .**

5. 미스 김의 작품은 호평을 받으면서 또 대단히 인기를 끌었다 .

10 너는 집에서 TV를 시청하니 ?

（你）在家看電視嗎？

MP3
20

왕 :	너희들은 집에서 TV를 시청하니 ?
王 :	你們在家看電視嗎？

박 :	네 , 우리 집에 TV 한 대가 있어요 .
朴 :	是啊，我們家有一台電視。

왕 :	칼라 ? 아니면 , 흑백 ?
王 :	是彩色的？還是黑白的？

說說看！

시청 (視聽) 하다	收看、收聽	편리 (便利) 하다	便利
벌써부터 , 일찌기	早就	항상 (恒常), 자주 , 늘	經常
칼라 , 천연색 (天然色)	彩色	프로 / 프로그램 (program)	節目
흑백 (黑白)	黑白	라디오 (radio)	收音機
종류 (種類)	種類	연속극 (連續劇)	連續劇
리모콘식 / 원격조종식	遙控式	뉴스 (news)	新聞

박 : 우리 집은 벌써부터 흑백 TV를 사용하지 않고 있어요 .

朴 : 我家早就不用黑白電視了。

왕 : 어떤 종류의 것이야 ?

王 : 是哪一種？

박 : 리모콘식 (원격조종식) 이야 .

朴 : 是遙控的。

왕 : 그거 참 편리해 . 우리 집에 있는 것도 그런 종류이거든 .

王 : 那真方便。 我家的也是那種。

박 : 너는 늘 TV를 시청하니 ?

朴 : 你常看電視嗎？

싸다	包、便宜的	재미있다	有趣的
만나다	遇見、見面	오락 (娛樂)	娛樂
피크닉 (picnic)	野餐	영화 (映畫)	電影
세우다	建造、立、訂、訂立	연극 (演劇)	話劇
계획 (計畫)	計畫	야구 (野球)	棒球
꽤	頗～、怪～、相當地～	수영 (水泳)	游泳

왕 : 나는 매일 TV 뉴스를 본다 .

王 : 我每天看電視新聞。

박 : 나는 항상 TV 교육 프로를 시청해 .

朴 : 我常常看電視教育節目。

왕 : 어떤 때 나는 라디오를 듣지 .

王 : 有時候我聽聽收音機。

박 : 라디오의 연속극도 꽤 재미가 있어 .

朴 : 收音機的廣播劇也滿有意思的。

왕 : 오락은 무엇을 좋아하니 ?

王 : 你喜歡什麼娛樂？

박 : 여러가지 . 영화 , 연극 , 야구 , 수영 , 하이킹
그리고 댄스 , 이런 것들을 다 좋아해 .

간단히 말하자면 , 난 오락이라면 무엇이든지 다
좋아해 .

朴 : 各種的。電影、話劇、棒球、游泳、健行還有跳舞都喜歡。

簡單地說，只要說到娛樂我什麼都喜歡。

왕 : 우리는 내일 피크닉을 가는데 같이 갈래 ?

王 : 我們明天要去野餐，你要一起去嗎？

박 : 가고 말고 . 자 , 그러면 갈 계획을 세우자 .

朴 : 當然去。好，那我們來定一下計畫。

왕 : 그래 . 점심을 싸 가지고 가 . 밖에서 먹기로 하자 .

王 : 好，我們帶午餐到野外去吃。

박 : 몇 시에 어디서 만날까 ?

朴 : 幾點在哪裡見面？

왕 : 내일 아침 일곱 시에 서울역에서 만나자 .

王 : 明早七點在首爾車站見面吧。

說說看！

하이킹 (hiking)	健行、徒步旅行
댄스 (dance)	跳舞
간단 (簡單) 하다	簡單的
역 (驛)	車站

解釋給你聽！

아니면
不是～的話、還是、不然的話

내가 아니면 누가 갑니까 ?
不是我的話誰去呢？

그 사람이 아니면 아무도 그 일을 못합니다 .
不是他的話，誰也沒法做那工作。

당신이 가요 아니면 그가 가요 ?
您去還是他去呢？

당신은 한국인이 아니면 , 중국인입니까 ?
您是韓國人還是中國人？

01

항상 , 늘 , 자주 經常

그는 항상 와서 놀았다 .
他經常來玩。

그는 자주 나오지는 않는다 .
他常常不來。

시간이 있으면 자주 오세요 .
有時間請常來。

그 학생은 늘 공부한다 .
那學生常用功（讀書）。

02

어떤 때 有時候

어떤 이 有人

어떤 지방 有的地方

어떤 때는 공부하기가 싫어요 .
有時不喜歡用功。

어떤 이는 가능하다고 하고 어떤 이는 불가능하다고 말한다 .
有人說可能，有人說不可能。

어떤 지방은 눈이 오지 않는다 .
有的地方不下雪。

03

어느 것 , **어느 지방** , **어느 때** , **어느 사람**
（ **어느**表示哪一、某一、其中之任一 ）

이 중에서 어느 것을 가지고 싶은가 ?
這當中你想要哪一樣？

어느 길로 갈까 ? 往哪條路走呢？

어느 차를 타십니까 ? 您搭哪一部車？

어느 아이도 대답을 못 했다 .
哪個孩子都無法回答。

어느 김씨 말야 , 큰 김씨야 작은 김씨야 ?
哪位金先生？大金先生還是小金先生？

04

어느 때 올 수 있니?
你哪時可以來？

어느 곳에서 태어났어?
你在哪兒出生？

어느 날 아침. 某一天早晨。

재미있다. 有趣。

의미가 있다. 有意味。

의의가 있다. 有意義。

오늘 저녁 파티는 매우 재미가
있었다. 今天晚上的聚會很有趣。

그가 한 말이 매우 의미가 있다.
他說的話意味深長。

오늘의 이 모임은 학회발전에 큰
의의가 있다.
今天的集會對學會發展有很大的意義。

- 거든做終結語尾時表示「驚訝、真是～」

과연 좋거든! 真的，真是好！

비가 참 많이 왔거든! 雨下得真多！

- 거든做連結語尾時表「假定、條件」

선생님을 만나거든 진실로 말하자 .
要是遇見老師我們就老實說吧！

그것이 네 것이거든 네가 가져라 .
如果那東西是你的，你拿去。

- ㄹ (을) 래表「想要、意圖」的終結語尾

부산에 갈래 ? 你要去釜山嗎？

같이 영화구경을 갈래 ?
你要一道去看電影嗎？

오늘 저녁에 집에 있을래 .
今晚我要待在家。

내일 우리 같이 피크닉 갈래 .
明天我們要一起去野餐。

翻成中文，再用韓語練習看看！

1. 우리집은 일찍부터 TV를 보지 않았다 .

2. 이것은 TV입니까 아니면 라디오입니까 ?

3. 당신은 매일 TV 교육프로그램을 봅니까 ?

4. 어떤 때는 저는 라디오 연속극을 듣습니다 .

5. 우리집 TV는 고장이 나서 무척 불편하다 .

11 나 같아요 ?

像我嗎？

왕 :　이 아이는 매우 사랑스러운데 , 누구죠 ?

王 :　這小孩很可愛，是誰啊？

박 :　**이 사진은 제가 세 살 때 찍은 거예요 .**

朴 :　這張照片是我三歲時照的。

왕 :　정말 ? 통통한 것이 아주 귀여워요 .

王 :　真的？胖嘟嘟的真可愛。

박 :　**나 같아요 ?**

朴 :　像我嗎？

說說看！

아이 , 애기	小孩	뚱뚱하다	肥胖的
어린이 , 꼬마	幼兒	살찌다	長胖
사진 (寫眞)	照片	닮다 , 비슷하다	像、相似
사랑스럽다 , 귀엽다	可愛的	알아내다	認出、看出
통통하다	胖嘟嘟的	할아버지	祖父

왕 :	많이 닮지 않았어요 . 당신 사진이라고 알아내기가 어렵겠어요 .
王 :	不太像。不容易認出是你的照片。

박 :	이 옆에 계신 (있는) 분이 저의 할아버지와 할머니예요 .
朴 :	這旁邊的是我祖父祖母。

왕 :	할아버지 할머니께서는 모두 건재하십니까 ?
王 :	祖父祖母都健在嗎？

박 :	그들 두 분께서는 모두 돌아가신 지 3 년 이상 지났어요 .
朴 :	他兩位已去世三年多了。

왕 :	아 , 그랬군요 . 인생은 일장춘몽이에요 .
王 :	啊，原來如此。人生是春夢一場。

할머니	祖母	특별 (特別) 히	特別地
아 , 그랬군요 !	啊，原來是這樣！	귀여워해 주다	給予疼愛
일장춘몽 (一場春夢)	一場春夢	무척 사랑하다	非常喜愛
어르신	大人、長輩	생각하다 , 그리워하다	思念、懷念
노인	老人	죽다 , 돌아가시다	死、回去 (逝世)

박 : 두 분 어르신께서는 특별히 저를 귀여워해 주셨었지요 .

朴 : 兩位大人特別疼愛我。

왕 : 그분들이 생각이 나시겠네요 .

王 : 你一定想念起他們了。

박 : 저는 그분들이 매우 그리워요 .

朴 : 我非常懷念他們。

알아내기 / 알아보기가 어렵다
認出、看出／（不容易）認出、難認出

10 년 전에 보았고 , 지금보니 알아보기가 힘들다 .
十年前看過，現在一看很難認得出。

나는 한 번 보고 곧 그를 알아차렸다 .
我一看就認出他來了。

십 여 개월　　十多個月

스무 사람 남짓 / 이십여인　二十多人

십 개월 남짓 / 십여 개월　　十多個月

10 분 남짓 /10 여 분　十幾位

3 년 남짓 /3 년여　　三年多

쪽　邊（前後、左右、裡外、東西南北、上下等的）

앞쪽	**뒷쪽**	前邊	後邊
왼쪽	**오른쪽**	左邊	右邊
안쪽	**바깥쪽**	裡邊	外邊
이쪽	**저쪽**	這邊	那邊
위쪽	**아래쪽**	上邊	下邊

동쪽　서쪽　　東邊　　西邊

남쪽　북쪽　　南邊　　北邊

04

죽다 死

其他的表現方法有：

돌아가시다、세상을 떠나다、별세 (別世) 하다、
서거 (逝去) 하다、타계 (他界) 하다、이 세상
사람이 아니다 等。

翻成中文，再用韓語練習看看！

1. 이 사진은 누구 것입니까 ?

2. **이 사진은 당신하고 아주 닮아서 곧 알아볼 수 있었습니다 .**

3. 사진에서 할아버지 오른쪽에 계시는 분이 할머니시다 .

4. **이 사진은 50 여 년 전의 사진입니다 .**

5. 저는 그들 두 분 노인들이 아주 그립습니다 .

12 나 보다 더 뚱뚱해.

比我更胖。

MP3 22

이 : **그 사람은 너보다 나이가 많아?**

李 : 他比你（年紀）大嗎？

김 : **그 사람은 나보다 세 살이 많아.**

金 : 他比我大三歲。

이 : **키는 너보다 크니?**

李 : 身材比你高？

김 : **내가 그보다 2(이) 센티미터 커.**

金 : 我比他高二公分（2cm）。

說說看!

- 보다	（助詞）比～	무겁다	重的
비교 (比較) 하다	比較	중요 (重要) 하다	重要的
비율	比率	몸무게 , 체중 (體重)	體重
나이가 많다	年紀大	킬로그램 (kg)	公斤
키가 크다	身材高大	센치미터 (cm)	公分

이 : 그 사람이 너보다 체중이 무겁니 ?

李 : 他比你（體重）重嗎？

김 : 그 사람이 나보다 10 킬로그램 (kg) 정도 더 무거워 .

金 : 他比我重十公斤左右。

이 : 그러면 , 틀림없이 그사람이 너보다 훨씬 더 뚱뚱하겠구나 !

李 : 那麼，不會錯，他一定比你胖得多。

김 : 그 사람 나보다 조금 더 뚱뚱해 .

金 : 他比我稍微胖一點。

이 : 듣고 보니까 , 그 사람은 누구보다도 뚱뚱할 것 같아 .

李 : 聽起來他似乎比誰都要胖。

아가씨	小姐	심사숙고 (深思熟考) 하다	深思熟慮
어 , 야 , 아니	喔、呀！（喂）、	뚱뚱하다	肥胖的
	喔不（真是的）	정도 (程度)	左右
고려하다	考慮	고정되다 , 확실히 , 꼭	固定、確實、一定
		우수한 , 멋있는	優秀的、帥的

김 : 너 한 번 보면 알 수 있게 돼 .
그 사람은 아주 잘 생기고 , 사람도 좋아 .

金 : 妳看一下就知道了。
他長得很帥，人又好。

이 : 난 너무 살찐 사람이 싫어 .

李 : 我不喜歡長得太胖的。

김 : 아가씨야 ! 너 몰라서 그래 , 그 사람은 아주 똑똑해
요 , 조금 살찐 것이 무슨 상관이야 .

金 : 小姐呀，妳不知道啦。他很聰明的，胖一點有什麼關係。

이 : 미안해 , 오늘 맞선보는 거 말야 , 나 한 번 고려해 보
고 , 다음에 다시 이야기하자 .

李 : 抱歉，今天相親的事，我考慮一下，下次再說吧。

김 : 어 , 이봐 ! 가지 마 ! 정말 좋은 일하기 쉽지 않군 !

金 : 喔，妳看！別走啊。真是好事多磨！

說說看 !

영리한 , 똑똑한	伶俐的、聰明的	잘 생기다	長得好
상관없다 , 괜찮다	沒關係	살찌다	長胖
틀림없이	沒錯、一定	맞선	面對面
훨씬	～得多	맞선 보다	相親
듣고 보니	聽起來、一聽之下		

비교하다 比、做比較

비교해 보세요 . 請比一比。

너에 비해 그가 나이가 많으냐 ?
他比你年紀大嗎？

그는 너만큼 키가 크니 ?
他有你那麼高嗎？

너는 네 동생만큼 키가 크지 않다 .
你沒有你弟弟那麼高。

나는 너보다 조금 키다 크다 .
我比你高一點兒。

그는 그의 형보다 10kg 이 더 무겁
다 . 他比他哥哥重十公斤。

그러면 , 너는 선생님보다도 더 키
가 크니 ? 那麼你比老師還高嗎？

무슨 상관이냐 ? 有什麼關係？

아무 상관 없다 . 沒什麼關係。

그와 나는 무슨 상관이 있니 ?
他跟我有什麼關係？

이것은 너의 일이지 , 나는 상관없
어 . 那是你的事，與我無關。

뚱뚱하건 안 하건 무슨 상관이냐 ?
胖不胖有什麼關係？

야 ! 빨리 이리와 !

喂，你快過來。

어 ! 그가 왜 갔지 ?

唉，他怎麼走了？

어 ! 도대체 어떻게 된 일이지 ?

喔，到底怎麼回事？

에이 , 너의 말이 맞지 않아 .

唉呀，你這話就不對了。

야 ! 나 여기 있어 .

喂，我在這裡。

04

 **練習**　翻成中文，再用韓語練習看看！

1. 누가 나보다 키가 더 크냐 ? 대보자 !

2. 그 여자가 나보다 틀림없이 조금 더 무거울 거야 .

3. 듣기에는 그는 아주 영리하고 멋있다고 한다 .

4. 저는 그를 좋아하지 않아요 , 다시 한번 고려하도록 해 주세요 .

5. 당신보다 조금 살찐 것은 아무 상관 없습니다 .

13 미안하지만 이 길이 명동으로 가는 길입니까 ?

MP3 23

對不起，這條路是往明洞去的路嗎？

왕 : 　　미안하지만 명동으로 가는 길이 이 길입니까 ?

王 :　　對不起，往明洞去的路是這條嗎？

행인 갑 : 　**네 , 그렇습니다 .**

路人甲 :　　是的，是這條。

왕 : 　　여기서 명동까지 멉니까 ?

王 :　　從這兒到明洞遠嗎？

갑 : 　**아니요 , 멀지 않아요 . 걸어서 한 십 분이면 갑니다 .**

甲 :　　不，不遠。 走路十分鐘就到了。

왕 : 　　미안합니다 . 서울역 가는 길을 가르쳐 주실 수 있습니까 ?

王 :　　對不起，能否請教一下往首爾車站去的路？

갑 :	여기서 똑바로 가면 됩니다 .
甲 :	由這兒直走就行了。

왕 :	이 길이 서울대 가는 길이지요 ?
王 :	這條是到首爾大的路嗎？

행인 을 :	아니요 , 길을 잘못 들었습니다 .
路人乙 :	不是，你走錯路了。

왕 :	그러면 어느 쪽으로 가야 됩니까 ?
王 :	那該往哪邊走呢？

을 :	왼쪽으로 가세요 .
乙 :	請往左邊走。

說說看 !

행인	行人、路人	멀다	遠的
미안 (未安) 하다	對不起	걷다	步行
길	路	한 십 분	約十分鐘
명동	明洞	서울역	首爾車站
그렇다	那樣的	가르치다	教

왕 : 인천에 가는데 버스로 얼마나 걸립니까 ?

王 : 我到仁川去，乘巴士要多久呢？

을 : 버스로 인천까지 한 50 분쯤 걸릴 겁니다 .

乙 : 乘巴士到仁川大約要五十分鐘。

왕 : 수원까지는 몇 마일이나 됩니까 ?

王 : 到水原有多少哩？

을 : 여기서 약 20 마일 되지요 .

乙 : 從這兒大約有二十哩。

說說看！

주소 (住所)	住址	걸리다	花費（時間）
근처 (近處)	附近	수원	水原
똑바로	直直地	마일 (mile)	哩
잘못	錯誤	낯선 사람	陌生人
그러면	那麼	맞다	對、準、一致
왼쪽	左邊	따라가다	隨行、跟著走
오른쪽 / 바른쪽	右邊	한참	一陣子
인천	仁川		

왕 : **실례합니다 . 명동으로 가려면 이 길이 맞습니까 ?**
王 : 對不起。我想去明洞，這條路對嗎？

낯선 사람 : **네 , 나도 그쪽으로 갑니다 . 안내할까요 ?**
陌生人 : 是的。我也往那邊走，要我帶路嗎？

왕 : **감사합니다 . 그러면 따라가겠습니다 .**
王 : 謝謝。那我就跟著你走。

낯선 사람 : **그래요 , 같이 가요 .**
陌生人 : 那就一起走。

왕 : **미안하지만 , 이 주소를 아십니까 ?**
나는 이 주소를 찾고 있어요 . 이 주소로 가는 길을 좀 가르쳐 주시겠어요 ?
王 : 對不起，這個住址您知道嗎？
我正在找這個住址。請教我走哪條路好嗎？

낯선 사람 : **이 근처가 아닙니다 . 저쪽으로 한참 가야 됩니다 .**
陌生人 : 不在這附近。得往那邊走一陣才行。

미안하지만 / 실례 (이) 지만

常用於表示抱歉、不好意思、遺憾的時候，向
人請教、問路、問時間時都可以用

미안하지만 길을 좀 묻겠습니다 .

對不起借問一下（路）。

미안하지만 지금 시간이 없어요 .

對不起我現在沒時間。

미안하지만 같이 갈 수가 없습니다 .

抱歉無法同行。

시레이지만 지금 몇 시입니까 ?

對不起，現在幾點鐘？

시레지만 무슨 일로 오셨습니까 ?

失禮，有何貴幹？

這裡的「한」是「大約」的意思。例如：

한 5 천원　約五千元

한 반 시간　大約半小時

한 12 명이 행방불명 (行方不明)
이다 .　約十二人失蹤。

걸어서 한 오 분이면 갑니다.
走路去大約五分鐘。

자전거로 한 10 분이면 가요.
自行車約十分鐘可達。

똑바로 가면 됩니다. 直直走就行。

똑바로 말하면 됩니다. 直說無妨。

똑바로 집으로 간다. 直接回家。

똑바로 글씨를 쓴다. 直行地寫字。

똑바로 발음하다. 正確地發音。

이 길이 맞습니까?
這條路對不對?

이 시계가 맞습니까?
這鐘準不準?

네 말이 맞았다.
你的話對了。

그의 말과 행동이 맞지 않아요.
他的話與行動不一致。

「한참」指「一段路程」或「一段時間」

한참 가다 집이 하나씩 있다 .

每隔一段路程有一間房子。

한참 있다가 대답하였다 .

隔了一陣子才回答。

여기서 한참 가야 중국대사관을 볼 수 있어요 .

從這兒要走一段才能看到中國大使館。

 翻成中文，再用韓語練習看看！

1. 나도 그리로 갈텐데 같이 갈까요 ?

2. 그 절은 멀 텐데 다른 명소로 갑시다 .

3. 날씨가 좋은데 같이 어디 나가지 않겠어 ?

4. 난 비행기로 제주도에 가보고 싶은데요 .

5. 외갓집은 기차를 타고도 한참을 가야 하는 먼 곳에 있어요 .

14 공원에 산책하러 가자

去公園散步吧！

왕 :	날씨가 좋은데 어디 밖으로 나가고 싶습니다 . 오늘 시간이 있으십니까 ?
王 :	天氣好，想出去外面走走。 今天有空嗎？

박 :	**네 , 특별히 할 일도 없어요 .**
朴 :	是的，沒什麼事要辦。

說說看！

공원 (公園)	公園	번잡 (繁雜) 하다	熱鬧
산책 (散策) 하다	散步	건물 (建物)	建築物
- 고 싶다	想～	상당 (相當) 히	相當
그렇지	是的、對的	번화 (繁華) 하다	繁華、熱鬧
건강에 좋다	對健康好	가까이	（ adv. ）近

왕 : 그러면 같이 공원에 가는 게 어떻습니까?

王 : 那一起去公園如何？

박 : **좋은 생각입니다. 공원에 산책하러 나갑시다.**

朴 : 好主意。我們上公園去散步吧。

왕 : 타고 갈까요 아니면, 걸어 갈까요?

王 : 乘車去呢還是走路去？

박 : **날씨가 좋아서 걸어가는 게 좋을 겁니다.**

朴 : 天氣好，所以走路去好了。

왕 : 그렇지요. 걷는 것은 건강에 좋습니다.
　　공원까지 얼마나 멉니까?

王 : 是啊，走路對健康有益。
　　到公園有多遠？

사진기 (寫眞機)	相機
찍다	照（相）、蓋（印）
천천히	慢慢地
움직이다	移動
- 지 말다	別～、勿～

박 : 여기서 한 30 분이면 갑니다 .

朴 : 從這兒大約三十分可走到。

왕 : 이 거리 이름은 무엇입니까 ?

王 : 這條路叫什麼？

박 : 종로입니다 . 상당히 번잡하지요 ?

朴 : 鐘路。相當熱鬧吧。

왕 : 예 , 여기는 큰 건물이 많고 상당히 번화한 곳입니다 .
공원에 가까이 왔습니까 ?

王 : 是的。這兒大廈多，相當繁榮。
公園近了嗎？

박 : 네 , 거기 보이는 것은 바로 파고다 공원입니다 .

朴 : 是的，那兒看到的就是**파고다**公園。

왕 : 아 , 나무가 아름답군요 !

王 : 啊，樹木真美！

박 : 사진기를 가지고 왔어요 ?

朴 : 帶相機來了嗎？

왕 : 네 , 사진 좀 찍어 주세요 .

王 : 是啊，請幫我照。

박 : 그러지요 . 나무 쪽으로 천천히 걸어가 주십시오 .
움직이지 마십시오 . 지금 찍습니다 .

朴 : 好的。請往樹那邊慢慢走過去。
請別動。現在要照了。

- 고 싶다　想要、希望、期盼

비행기로 제주도에 가 보고 싶다 .

想乘飛機去濟州島看看。

나는 선생님이 되고 싶다 .

我想當老師。

우리는 집으로 돌아가고 싶어요 .

我們想回家去。

나는 당신을 다시 만나고 싶습니다 .

我想再跟您相見。

타다　搭乘、搭載、燃燒

그 사람이 말을 타고 있다 .

他騎著馬。

그 집은 화재로 탔다 .

那房子因火災燒了。

타고 갈까요 ?

要搭車去嗎？

비행기를 타고 부산에 갑니다 .

搭飛機去釜山。

그렇지 對了、是啊

그도 그렇지만 那是不錯，可是～

그렇지 않으면 不然的話～

그렇다면 要是那樣的話～

가까이 靠近、接近

우리 집 가까이 교회가 있다 .
靠近我們家有教堂。

간밤에 11 시 가까이 돌아왔다 .
昨晚近十一點回來。

백 명 가까이 왔어요 .
來了近百人。

이것은 천원 가까이 들었다 .
這東西花了近千元。

벌써 5 년 가까이 된다 .
已接近五年。

- 지 말다 禁止

가지 말라 ! 別去。

서슴치 말고 전화해 주세요 .
請別猶豫，給我打電話。

놀지 말고 일합시다 .
我們別玩了，工作吧！

- 고 말다 終於、畢竟、終究

마침내 싸움이 벌어지고 말았다 .

最後終於引起戰爭。

죽고 말았다 .

終於死了。

그 일은 꼭 해 놓고야 말겠다 .

那項工作終究得完成。

翻成中文，再用韓語練習看看！

1. 어제 아침 누구와 같이 산책을 했습니까 ?

2. 어제 아침에 저 혼자 1 시간 정도 걸어 다녔어요 .

3. 말씀 좀 묻겠습니다 . 대한은행 가려면 어떻게 가야 됩니까 ?

4. 이 길을 따라 5 분을 걷다가 , 다시 물어보세요 .

5. 그곳으로 가는 버스가 있어요 ?

걷는 것은 건강에 좋습니다.
走路對健康有益。

15 여행을 떠나다.

出發去旅行。

MP3 25

김 :	심심한데 어디 여행 갈 생각 없어요?
金 :	閒著無聊，你不想到哪兒去旅行嗎？

왕 :	네 , 이미 친구들하고 약속을 해 두었어요 . 다음 주 토요일 떠날 거예요 .
王 :	喔，我已經跟幾個朋友約好了。下禮拜六要出發。

김 :	어디로 떠나는데요?
金 :	往哪裡出發？

說說看!

떠나다	走、前往、離開、出發	왕릉 (王陵)	王陵
신라 (新羅)	新羅	비롯하다	開始、以～為首
유적 (遺跡)	遺跡	전통 (傳統)	傳統
-(이) 야말로	[助詞] 這才是～	가옥 (家屋)	房屋、住家
자체 (自體)	自身、本身	갖가지	各種各樣、種種
문화재 (文化財)	文化遺產	탐사 (探查)	探勘、探查

왕 :	**경주요 . 경주는 신라의 유적으로 유명하다지 요 ?**
王 :	慶州。因為有新羅的遺蹟而出名是吧？

김 :	**그래요 . 이 년전에 경주에 갔다왔는데 그야말로 도시 자체가 문화재라 할 만하더군요 . 여러 왕 릉을 비롯하여 전통 가옥 , 갖가지 유적등 볼 것이 많아요 .**
金 :	是啊，二年前我去過一趟，那都市本身真的就稱得上是 文化財，從王陵開始到傳統住屋，各種遺跡等等可看的 很多呢。

왕 :	**유적 탐사는 사전 준비가 있어야 될 것 같은데 요 ?**
王 :	探訪遺跡得要有事前準備才行吧？

사전 (事前)	事先	만큼	[依存名詞] 表原因、程度
특징 (特徵)	特徵	허락 (許諾)	允諾
안내서 (案內書)	指引書、指南	한 (限)	表範圍、限度
유심 (留心) 히	留意地	단단히	堅決地、堅實地
-(으) 면서	[連結語尾] 一面~一面~	유익하다	有益的
아무튼	無論如何		

김 : 맞아요 , 우선 신라의 역사를 알고 신라 문화의 특징등에 대해서도 공부해 두는 게 좋겠죠 . 그리고 유적 안내서를 유심히 보고요 . 아무튼 구경하면서 생각을 해야겠죠 .

金 : 對，首先要知道新羅的歷史，對於新羅文化的特徵也最好做些功課。 還要留心看遺跡指南書。無論如何，得一面觀賞一面多做思考才好。

왕 : 그렇군요 . 이번 여행이 나에게 있어서는 한국에 와서 처음으로 멀리 떠나는 것이니만큼 시간이 허락하는 한 열심히 보고 듣고 해야겠어요 .

王 : 是啊。這次旅行因為是我來韓國後第一次出遠門，所以在時間許可的範圍我一定要盡量多看多聽。

김 : 결심을 단단히 한 것 같군요 . 재미있고 유익한 여행이 되기를 빌겠어요 .

金 : 好像你已下定決心了。 我要祝你有趟有趣又有裨益的旅行。

왕 : 감사합니다 . 저도 그렇게 기대하는데요 .

王 : 謝謝。我也這麼期待。

解釋給你聽！

떠나다
離開、出發、前往、消失、脫離、辭世

기차가 정거장을 떠나다.
火車離站。

여행을 떠나다.
出發去旅行。

부산으로 떠나다.
出發去釜山。

회사를 떠나다 (직을 떠나다).
離開公司（離職）。

아침 일찍 떠나다.
早上一早出發。

세상을 떠나다.
離開世界（去世）。

만큼

a. 當助詞用，接於體言後面，表「程度」

b. 接於「ㄴ、은、ㄹ、을」之後，
同表「程度」

c. 接於「는、은、느니、(으)니」之後，
表示「原因、理由」或「根據」

오늘만큼 기분 좋은 날은 요새에 처음이다 .

像今天這麼心情好的日子近來還是第一次。

누구나 너만큼은 할 수 있어 .

誰都可以做得像你一樣好。

너도 배운 만큼 배운 사람으로 행동해야 되지 않아 ?

做為一個讀過書的人你也該有所行動才對不是嗎？

일이 바쁘니만큼 더 이야기할 시간이 없다 .

因為事情忙，再也沒時間聊天了。

방학이니만큼 마음껏 놀아도 된다 .

因為放假了，可以盡心遊玩。

-(으) 로

a. 表「方向」:

어디로 가십니까 ? 上哪兒去？

학교로 가는 길입니다 . 正往學校去。

b. 表「方式」：

단채로 갑니다 .　團體去。

개인적으로 그 회의를 참석합니다 .
個人去參加那個會議。

---

c. 表「工具」：

종이로 책을 만든다 .　用紙做書。

자동차로 관광을 갑니다 .
乘汽車去觀光。

---

d. 表「變成」：

구름이 눈으로 변한다 .　雲變雪。

연민의 정이 노여움으로 변했다 .
憐憫之情變成憤怒。

---

e. 表「資格」：

나는 그를 친구로 여긴다 .
我把他當朋友。

나는 우리 학급 대표로 참석하였다 .
我以我們年級的代表參加了。

대구는 사과가 맛있기로 유명해요 .
大邱以蘋果美味而有名。

f. 表「原因」:

그는 병으로 결석하였다 .

他因病缺席。

이번 폭풍우로 교통이 끊어졌다 .

因這次暴風雨交通斷了。

g. 表「限度、基準」:

하루로 되는 일을 이틀로 끝냈다 .

一天的工作以兩天完成。

보통 걸음으로 한 10 분 정도다 .

普通腳程／步伐約十分鐘路程。

h. 與「時間副詞」合用:

봄 가을로 한 번씩 성묘하러 간다 .

每個春、秋去掃墓。

오늘 밤으로 돌아와야 해요 .

今晚一定要回來。

수시로	隨時
차차로	漸漸
일반으로	一般地
차례로	依次地
금시로	如今

i.慣用語:

- 로 말미암아　　由於～

- 로 하여 (서)　　由～開始之後～

- 로 인하여　　　因為～

- 로 하여금　　　使～

- ㄹ 것이다 , - ㄹ 거에요　要、會

내일 한국에 갈 것입니다 .

明天要到韓國去。

2 주일 후에 돌아올 것입니다 .

兩週後會回來。

아마 내일쯤 편지를 받을 것이다 .

明天大概會收到信。

내가 보기에는 비가 곧 올 것 같습니다 . 我看就要下雨。

- (이) 야말로　表示該事物的當然性，有
「那才真是～」之意

경주는 그야말로 도시 자체가 문화재라 할 만하더군요 . 慶州那才真是都市本身就稱得上是文化財哩！

김 과장이야말로 우리 회사에서 없어서는 안 될 사람이다 .

金科長才是我們公司不可缺的人呢。

금강산이야말로 한국의 대표적인 명승지이다 .

金剛山才真是韓國代表性的名勝地。

운동이야말로 건강을 지키는 데 꼭 필요한 것입니다 .

運動才真是保持健康一定要的。

- 을 (를) 비롯하여　表「以～為首」、「以為～始」、「～等以及其他」之意

왕릉을 비롯하여 전통 가옥 , 갖가지 유적등 볼 것이 많아요 .

以王陵為始，到傳統住屋，各種遺跡等可看的很多啊。

아버지를 비롯하여 집안 식구들이 모두 다 모였다 .

以父親為首，家人全都聚集。

편의점을 비롯하여 근처의 모든 가게가 다 문을 닫았다 .

從便利商店開始，附近所有店家全都關門（打烊）了。

06

배추를 비롯한 모든 채소가 다 값이 올랐다.

自白菜起所有的蔬菜都漲價了。

- (으) 면서 表示兩個以上的動作、狀態同時發生或緊接著發生

아무튼 구경하면서 생각을 해야겠죠. 無論如何該一面觀賞一面思考才行。

우리 걸어가면서 이야기합시다.
我們一面步行一面談吧。

영호는 신문 배달을 하면서 공부한다. 英浩一面送報一面讀書。

그 아이는 큰 소리를 지르면서 엉엉울었어요.
那孩子一面大聲吼叫一面嗚嗚地哭了。

- 에 (게) 있어서 (는) 表示「對某人來說」用 - 에게 있어서、「在某一方面來講」則用 - 에 있어서

이번 여행이 나에게 있어서는 한국에 와서 처음으로 멀리 떠나는 여행이다. 這次旅行是我來韓國以後第一次出遠門的旅行。

내게 있어서 그는 없어서는 안 될 중요한 사람이다．

對我來說，他是不能沒有的重要人物。

우리 또래의 청소년들에게 있어서는 학교 생활이 하루의 대부분을 차지한다．

對我們這群同齡層的青少年來說，學校生活佔了一天的大部分。

민주주의에 있어서 투표는 가장 기본적인 국민의 권리이다．

在民主主義來說投票（選舉）是國民最基本的權利。

- 는 한　表示「極限」、「終極」之意

시간이 허락하는 한 열심히 보고 듣고 해야겠어요．

在時間允許的範圍內我要認真地看認真地聽才行。

내가 도울 수 있는 한 노력해 보겠어요．我會努力盡力幫助（你）。

내가 살아있는 한 이 일을 완수해야 말겠다 .

我在有生之年終究要完成這項工作才行。

이번 시합에 참가하는 한 반드시 이겨야지 .

在參加這次比賽之際一定要贏得勝利。

 練習

翻成中文，再用韓語練習看看！

1. 이 기차는 저녁 일곱 시 반에 떠나 , 밤 열두 시 반에 부산에 도착할 것입니다 .
2. **정거장에 배웅하러 가겠습니다 .**
3. 차표 파는 곳은 어디 있어요 ?
4. **배낭여행을 떠날 경우 사전에 어떤 준비를 해야 할까요 ?**
5. 가끔 밖으로 나가 머리를 식히는 것도 많은 도움이 돼요 .

CH 03
|場景篇|

1 공항에서
在機場

왕 :	체크인을 하겠어요 .
王 :	我要辦登機手續。
직원 :	비행기표와 여권 좀 주세요 .
	짐이 몇 개나 있어요 ? 저울에 올려 놓고 달아 봅시다 .
職員 :	請給我你的機票和護照。
	行李有幾件？放上磅秤來秤秤看（我們過磅看看）。
왕 :	예 , 짐이 2 개만 있어요 .
	무게를 달아 보세요 . 초과하지 않죠 ?
王 :	好的，只有兩件。
	請秤重看看。沒超重吧？

說說看！

공항 (空港)	機場	저울	磅秤
직원	職員	달다	(v.) 秤
비행기표	機票	무게	重量
여권	護照	초과하다	超過
짐	行李	등기표	登機票

직원 : 　네 , 여기 등기표와 짐표를 받아 주세요 .
職員 : 　是的，這兒是登機證和行李證，請拿好。

왕 : 　감사합니다 .
王 : 　謝謝！

세관원 : 　어서 오세요 . 짐이 많아요 ?
海關人員 : 請進。行李多嗎？

왕 : 　별로 많지 않아요 .
王 : 　不怎麼多。

세관원 : 　따로 신고하실 물건은 없어요 ?
海關人員 : 沒有要另外申報的東西嗎？

왕 : 　없습니다 .
王 : 　沒有。

체크인 (check in)	登記（上飛機／住宿）	**물건 (物件)**	東西
세관원	海關人員	**웬**	何來、怎麼、哪來的
별로 - 지 않다	不怎麼～	**술**	酒
따로	另外	**왜**	為何
신고하다	申告、申報	**면세**	免稅

세관원 : **여기 웬 술이 이렇게 많죠 ?**
海關人員 : 這裡為什麼酒這麼多？

왕 : **왜요 ? 그게 문제가 돼요 ?**
王 : 怎麼？這有問題嗎？

세관원 : **네 , 두 병까지만 면세거든요 . 세금을 무셔야 되겠
는데요 .**
海關人員 : 是啊，只有兩瓶是免稅的。你得繳稅喔！

왕 : **세금을 안 물 수가 없어요 ?**
王 : 可有辦法不繳嗎？

세관원 : **세금을 안 내면 물건을 포기해야 돼요 .**
海關人員 : 不繳的話，就必須拋棄（放棄）東西啦！

說說看！

세금을 물다 繳稅、付稅
포기하다 拋棄

解釋給你聽！

- 어 (아) 보다
補助動詞，表「試看看」

달아 보다 .
秤秤看（重量）。

한 번 읽어 보세요 .
請讀一次看看。

사전에서 찾아 봐요 .
在字典中找看看。

01

- 보다 ... 더
接於名詞後做助詞用，意為「比～更」

지하철이 버스보다 더 빠릅니다 .
地下鐵比公車快。

금년에는 작년보다 비가 더 많아요 .
今年的雨下得比去年多。

백화점 물건보다 시장 물건이 더 싸요 .
比起百貨公司的東西，市場的東西比較便宜。

02

까지 補助詞

a. 表時間、空間、數量之限制

10 시 반까지 돌아와야 돼요 .
十點半前必須回來。

부산까지 가는 차는 몇 시에 출발해요 ?
到釜山的車幾點出發？

술은 두 병까지만 가져갈 수 있어요 .
酒只能帶兩瓶。

03

b. 表程度的增加，「連～」的意思

**그는 한국말은 물론이고 일본말까지
할 줄 압니다 .**
他不僅是韓國話，連日本語也會說。

과일까지 준비해 놓았어요 .
連水果都準備好了。

너까지 나를 안 믿어 ?
連你也不相信我？

- 어야 되다 必須～才行

**한국에서 살려고 하면 한국말을
알아야 돼요 .**
想要在韓國生活必須懂韓國話才行。

취직을 하려면 컴퓨터를 잘 해야 돼요 .
想就業的話電腦必須很行。

- 거든 (요)
表理由或說明事實的終結語尾

**이 책이 인기가 있어요 .
재미가 있거든요 .**
這書很受歡迎，因為有趣。

**요즘은 에어콘디셔너가 잘 팔려요 .
더위가 심하거든요 .**
近來冷氣機賣得很好，因為暑氣很重。

 翻成中文，再用韓語練習看看！

1. 집이 어디에 있습니까 ?

2. **서울에서 타이페이까지 비행기로 얼마나 걸립니까 ?**

3. 집 근처에 지하철역이 있어요 ?

4. **지하철을 타는 것이 버스를 타는 것보다 더 편리해요 ?**

5. 버스 값이 지하철 가격보다 더 싸요 ?

2 호텔
飯店（旅館）

MP3
27

왕 : 　　미리 예약해 두었는데 체크인을 하겠습니다 .

王 : 　　（我）有預約，來辦入住手續。

사무원 : 　네 , 여권 좀 보여 주시겠어요 ?

事務員 : 　好的，請把護照給我好嗎？

왕 : 　　여기 있어요 .

王 : 　　在這兒。

說說看！

미리	事先	**보여 = 보이어 → 보이다**	
예약하다	預約	보다的使動、被動形	
- 어 두다	～好了	**방**	房間
（助動詞，表動作結果的保持）		**십오층**	十五樓
사무원	事務員、職員	**식사표**	餐券

사무원 : 방은 천 오백오 (1505) 호인데 십오 층에 있어요 .
아침 식사표와 열쇠 먼저 받아 주시고 짐은 이따
보이가 갖다 드리겠어요 .

事務員 : 您的房間是 1505 號，在十五樓。
先給您早餐券和鑰匙，行李一會兒服務員會送上去給您。

왕 : 네 , 그리고 식당과 카페는 몇 층에 있지요 ?

王 : 好的，還有餐廳和咖啡廳在幾樓？

사무원 : 식당은 2 층에 있고 카페는 바로 일층 저쪽에
있어요 .

事務員 : 餐廳在二樓，咖啡廳就在一樓那一邊。

왕 : 네 , 감사합니다 .

王 : 好，謝謝！

사무원 : 천만에요 .

事務員 : 哪裡哪裡。

열쇠	鑰匙	**식당 (食堂)**	餐廳
먼저	先	**카페 (café)**	咖啡館
받다	接受、得到	**몇 층**	幾樓
이따	待會兒	**저쪽**	那邊
보이 (boy)	服務生	**천만에**	哪裡～

- 어 두다

為補助動詞，是連結語尾 - 아 / 어 / 여 + 動詞두다

構成，意表動作結果的保持

예약하여 두었어요 .

已經預約好了。

**치료하지 않고 그냥 놓아 두면 병이
악화될 거예요 .**

疾病放著不治療而拖著，是會惡化的呀！

**좋은 생각이 나면 수첩에다가 적어
두는 습관이 있다 .**

有好的想法就在手冊上記下來的習慣。

- 는데 連結語尾，表話未說完或意猶未盡

집에 가는데 비가 왔다 .

回家途中下雨了。

옷을 샀는데 색이 마음에 안 들어요 .

買了衣服，顏色卻不喜歡。

저녁을 먹는데 전화가 왔어요 .

正吃著晚飯，電話就來了。

갖다 드리다 : 가지고 주다

帶給、拿去呈上

드리다是주다的敬語，갖다 = 가지다가，- 다가為連結語尾。「가」有時會省略，為連續性動詞連結用的中斷型

집에 가다가 친구를 만났어요 .

回家途中遇到了朋友。

자다가 꿈을 꾸었어요 .

睡覺中做了夢。

차를 운전하고 가다 (가) 교통사고를 보았어요 .

開車走著走著看到了車禍。

翻成中文，再用韓語練習看看！

1. 여행을 좋아합니까 ?

2. **호텔 방을 예약한 적이 있습니까 ?**

3. 여행은 주로 언제쯤 가게 되나요 ?

4. **배낭여행을 떠나기 전에는 충분히 여러가지 준비를 해야 되지요 ?**

5. 배낭여행을 하면 얼마 동안 하는 게 가장 적당해요 ?

3 음식점

飲食店

MP3 28

종업원 :　어서 오세요 . 이리 앉으세요 .

服務生 :　請進。這兒請坐。

왕 :　　　고맙습니다 .

　　　　오늘 특선 요리는 무엇입니까 ?

王 :　　　謝謝！

　　　　今天有什麼特選菜？

종업원 :　오늘은 불갈비와 빈대떡이 맛있어요 .

服務生 :　今天烤排骨和綠豆煎餅是特選。

說說看！

특선 요리	特選料理（菜）	맛 (이) 있다	美味、好吃
무엇	什麼	시키다	點（菜等……）、使喚
불갈비	烤排骨	잠깐 (暫間)	（口語）暫時、一下、一會兒
빈대떡	綠豆煎餅	그리고	然後、還有
맛	味道	저희 집	我們家

왕 :　　　그리고요 ?

王 :　　　還有呢 ?

종업원 :　　저희 집에서 직접 만든 냉면도 좋을 거예요 .

服務生 :　　我們自製的冷麵也很棒。

왕 :　　　그럼 우선 갈비 2 인분만 주세요 .

　　　　　냉면은 이따가 시키면 되죠 ?

王 :　　　那先來二人份的烤肉。

　　　　　涼麵待會兒再點好嗎 ?

종업원 :　　네 , 잠깐만 기다리세요 .

服務生 :　　好的。請稍等。

직접	直接	이따가	待會兒、以後
만들다	裝、做		
냉면	冷麵		
갈비	排骨		
2 인분	二人份		

解釋給你聽！

01

어서 오세요 .
請快來、快請進！（一般店家或百貨公司請人在門口招呼客人的用語）

02

- 을 거예요 . 為「 **- 을 것이다 + 어요** 」所組成，表說話人的意志或推測

나는 내일 집에 없을 거예요 .
我明天不會在家。

시골은 시내보다 더 시원할 거예요 .
鄉村比市區更涼快。

03

- (으) 면 되지 (요)
為表假定的連結語尾 **- (으) 면** + 動詞**되다** + 表確認之終結語尾**지 (요)** 所組成。 意為「～的話就行了吧」

같이 가면 되지요 . 一塊去的話就行了吧！

지금 떠나면 되죠 .
現在出發的話就行了吧！

지금 떠나지 않으면 안 됩니다 .
現在非動身不可。

 翻成中文，再用韓語練習看看！

1. 한국 음식점에 가 본 적이 있어요 ?

2. **한국 요리 중에서 제일 좋아하는 것은 어떤 것입니까 ?**

3. 아침 식사는 주로 무엇을 먹나요 ?

4. **점심 식사는 주로 어디서 합니까 ?**

5. 저녁은 보통 몇 시쯤에 하나요 ?

4 우체국에서

在郵局

MP3 29

왕 :	이 소포를 등기속달로 부치려고 하는데요 .
王 :	這小包我要寄掛號快遞。
직원 :	어디로 보내는 거지요 ?
職員 :	寄到哪兒？
왕 :	부산으로요 .
王 :	釜山。
직원 :	어디 무게를 재봅시다 . 5000 원어치 우표를 붙여서 5 번 창구에 맡기세요 .
職員 :	秤重看看，請貼上五千元郵票到五號窗口去辦。
왕 :	네 , 무슨 우편 요금이 그렇게 비싸요 ?
王 :	喔，怎麼郵資這麼貴啊？

說說看！

소포	小包、包裹	부산	釜山
등기 (登記)	掛號	우편 요금 (郵便料金)	郵資
속달 (速達)	快遞	도장	圖章
부치다	寄送	무게	重量
보내다	送、遞交、寄	재다	秤、量

직원 : 소포는 등기 속달 우편으로 하니까요 .
職員 : 因為你要寄掛號快遞之故。

배달원 : 여보세요 ! 계세요 ?
郵差 : 喂，有人在嗎？

왕 : 네 , 어서 오세요 .
王 : 是的，請進！

배달원 : 도장 좀 주세요 .
郵差 : 請把圖章給我。

왕 : 무슨 일이시죠 ?
王 : 什麼事啊？

배달원 : 등기 우편입니다 .
郵差 : 是掛號郵件。

왕 : 아 , 이건 기다리고 있는 선물이에요 .
王 : 啊，這是正等待著的禮物呢！

- 어치	表相當於若干錢數的～（東西）	비싸다	貴的
5000 원어치 우표	五千元（價值）的郵票	선물	禮物
5 만원어치 수표	五萬元的支票	배달원 (配達員)	投遞人員、郵差
붙이다	貼		
맡기다	交～負責、給～處理、交託、委託		

解釋給你聽！

- 려고 하다

為表意圖之連結語尾 - 려고 ＋ 動詞하다組合而成，
意為「想要」

동생에게 생일 선물을 부치려고 합니다 . 我想要寄生日禮物給弟弟。

배낭여행을 가려고 해요 .

想要去背包旅行（自助旅行）。

- (으) 로

加在名詞後有副詞作用的助詞，表方向、手段、方法、
理由、原因、資格等皆可用

이 버스는 동대문으로 가요 ?

這巴士往東大門去嗎？（方向）

선물이니까 포장지로 예쁘게 싸 주세요 .

因為是禮物，請用包裝紙包得漂亮些。（手段）

어제 감기로 출근 안 했어요 .

昨天因感冒沒上班。（理由）

빵을 아침으로 먹어요 .

吃麵包當早餐。（手段）

시청 앞에서 2 호선으로 갈아타세요 .

請在「市政府前」站換乘二號線（地鐵）。（方法）

이 현금을 수표로 바꿔 주세요 .

請把這現金換支票給我。（方法）

그는 대표로 (서) 참석했다 .

他以代表的身分出席了。（資格）

 翻成中文，再用韓語練習看看！

1. 우체국에 가서 주로 무엇 무엇을 해요 ?

2. **소포로 선물을 보내는 경험이 있어요 ?**

3. 등기 우편은 어떤 장점이 있습니까 ?

4. **이제는 왜 사람들이 전보다 편지를 덜 쓰게 되었을까요 ?**

5. 국제 전화를 어디서나 할 수 있어요 ?

5 은행에서

在銀行

행원 : 어서 오십시오 . 뭘 해드릴까요 ?

行員 : 請進。要為您做什麼嗎？

왕 : 오늘 돈을 찾으러 와는데요 . 현금카드를 가지고 오지 않았어요 .

王 : 今天我來領錢，可我未帶提款卡。

행원 : 그러시면 예금청구서를 쓰셔야 해요 .

行員 : 那得填取款單。

왕 : 몇 장을 써야 돼요 ?

王 : 要填幾張？

 說說看！

뭘 = 무엇을	什麼	예금 청구서	取款單
돈을 찾다	領錢	몇 장	幾張
현금카드	提款卡	물론 (勿論)	當然
예금	存款	잘못	錯誤
청구서	請求書	금액	金額

행원 : 물론 한 장이죠 .

   왕선생님 , 이 청구서는 다시 써 주셔야 하겠는데요 .

行員 : 當然一張就夠啦！

   王先生，這取款單得重寫呢！

왕 :   왜요 , 무엇이 잘못 되었습니까 ?

王 :   為什麼？有什麼寫錯了嗎？

행원 : 네 , 금액의 숫자는 아라비아 숫자가 아니라 한글로

   쓰셔야 하거든요 .

行員 :   是的，金額數字不是用阿拉伯字，要用韓文寫。

왕 :   그래요 ? 그걸 몰랐어요 .

王 :   是嗎，我不知道要那樣寫耶！

| 숫자 | 數字 |
| 모르다 | 不知道 |

解釋給你聽！

뭘 해드릴까요?

「要為您做什麼嗎？」是一種服務您的親切語感，뭘＝무엇을，「해드리다」是「하여 주다」的敬語，「-ㄹ까요」是疑問語尾，表「要不要、要～嗎？」

이 책을 빌려 줄까요?

要不要把這本書借給你？

그 친구 집으로 가 볼까요?

要不要去那個朋友家？

돈을 찾다

「領錢」的意思，찾다本意是「找」，例如：

누구를 찾으세요?

您找誰？

어떤 것을 찾으세요?

您找什麼樣的（東西）？

돈을 찾으세요?

要領錢嗎？

- (으) 러
用在動詞後表示動作的目的，常接移動動詞如
가다、오다等

공부하러 도서관에 가요 .
為了讀書去圖書館。

친구를 만나러 여기 왔어요 .
來這兒是為了跟朋友見面。

- 어야 하다與動詞連用，表動詞的當然性，意思
是「必須」或「職責」

하다 + 어야 → 하여야 = 해야

다시 써야 해요 . 必須重寫。

다시 써 주셔야 하겠는데요 .
「得重寫（給我）。」是禮貌恭敬的說法

如果用命令句說「**다시 써 주세요 .**（請給我重
寫。）」、「**전화 해 주세요 .**（請給我打電話。）」
在語感上就沒那麼親切柔和。

**제시간에 도착하려면 서둘러야
해요 .**
想要準時到達的話就得要趕快才行。

04

잘못 되다

表「走錯路、失敗、出毛病」等意思

잘 되다 / 잘 되어가다

指進行的事順利或變好的意思

05

- 는데요

由連結語尾는데 + 요做終結語尾用，表示說明、驚嘆、好奇或情況之變化，口語常用

맞는데요 . 對啊！

읽는데요 . 在念（書）。

수업하는데요 . 在上課。

06

- 거든요

指條件或規定，用作終結語尾是表示驚異或歡喜的意思，有時也表示成為理由的條件或說明

한글로 쓰셔야 하거든요 .

得用韓文寫。

제가 그 영화를 보려고 했거든요 .

因為我（當時）想看那部電影。

 翻成中文，再用韓語練習看看！

1. 은행에 주로 무엇 하러 갑니까 ?

2. **현금카드가 없을 때에 은행에서 돈을 찾으려면 어떻게 해야 합니까 ?**

3. 왜 금액의 숫자를 한글로 써야 해요 ?

4. **은행의 두 가지 주요 업무는 무엇이에요 ?**

5. 은행에서 돈을 빌릴 때에 필요한 서류들은 무엇무엇입니까 ?

6 쇼핑
購物

점원: 어서 오세요 . 뭘 드릴까요 ?
店員: 請進，要些什麼？

장씨: 이건 예쁜데 얼마예요 ?
張先生: 這個很漂亮，多少錢？

점원: 하나에 오만원입니다 .
店員: 一個五萬元。

장씨: 어머 , 비싸네요 . 좀 싸게 해 주시면 ……
張先生: 哇，真貴。算便宜一點的話……

점원: 저희 가게에서는 정찰 품만을 판매합니다 .
店員: 我們店裡只售標價商品。

 說說看！

어머 / 어머나	（驚嘆語）哎喲、天哪	판매하다	販賣、銷售
싸게 하다	算便宜些（게為副詞形語尾）	가격	價格
가게	店	- 다고 하다	聽說
정찰（正札）	標籤	예전	以前、過去
품（品）	商品	흥정하다	討價還價

장씨 : 가격을 싸게 해준다고 하던데 .

張先生 : 聽說價格可以削減的。

점원 : 예전에는 그렇게 했지만 이제는 정가대로 받습니다 .

저희 가게는 시중 소매 가격보다 싸게 팔고 있어요 .

店員 : 以前是那樣（沒錯），可現在都按定價出售。

我們的價格比市場零售價還便宜呢！

장씨 : 두 개 살 테니까 팔만원에 주세요 .

張先生 : 我要買兩個，算八萬元吧！

점원 : 너무 깎아서 안 돼요 . 그럼 두 개 구만원에
가져가세요 .

店員 : 減太多不行耶，那兩個九萬元給你。

장씨 : 좋아요 . 구만원 여기 있어요 .

張先生 : 好吧，九萬元給你。

점원 : 감사합니다 . 또 오세요 .

店員 : 謝謝。請再光臨。

정가	定價	팔다	賣
- 대로	按照	- ㄹ 테니까	預計（ - 니까表理由）
받다	接受、得到	(- ㄹ 터 + 이니까)	
시중 (市中)	市場	너무	太、過分
소매	零售	깎다	削

解釋給你聽！

形容詞 + ㄴ데 / 은데表示接續，後面還有敘述或進一步說明

動詞 + 는데，有時也表「對立」

아픈데 출근해요 ?
身體不舒服，要去上班啊？

한국의 봄은 따뜻한데 바람이 많아요 .
韓國春天暖和，可是風大。

01

- 에
除了接場所、時間表「在」之外，有時表示「原因」，此單元中表數算或價格的基準

사과 한 개에 얼마예요 ?
蘋果一個多少錢？

이것은 1000 원에 두 개입니다 .
這是一千元兩個。

02

- **다고 하던데**
為 - 다고 하다 + 더 + ㄴ데的組合

- **다고 하다**
表聽說、有人說。더表示回想

- ㄴ데 終結語尾，表意猶未盡

- 던데
若做連結語尾表示說話者的經驗
成為後面敘述的狀況或背景說明

가격을 싸게 해 준다고 하던데 .

聽說價格會算便宜的。

날씨가 참 좋던데 밖으로 나갑시다 .

天氣真好我們出去外面吧！

아까 친구가 왔던데 만나 봤어요 ?

剛剛朋友來過你見到了嗎？

翻成中文，再用韓語練習看看！

1. 쇼핑을 갈 때 주로 백화점에 가요 전통시장에 가요 ?

2. **쇼핑할 때 흥정하기를 자주 해요 ?**

3. 새 옷을 살 적에 입어 보았어요 ?

4. **신을 살 때 사이즈 넘버만 말하면 됩니까 ?**

5. 대량 주문하면 얼마나 할인됩니까 ?

7 약속
約會

MP3
32

장선생 댁 : **여보세요 ! 누굴 찾으세요 ?**

張先生府上 : 喂！您找誰？

왕 : **안녕하세요 ! 장기동 선생님 계세요 ?**

王 : 您好！請問張基東先生在嗎？

장 댁 : **네 , 잠깐 기다리세요 .**

張府 : 在，請等一下。

왕 : **예 , 고마워요 .**

王 : 是的，謝謝！

장기동 : **여보세요 ! 장기동입니다 .**

張基東 : 喂！我是張基東。

왕 : **선생님 , 전 왕대덕이에요 .**

선생님 , 건강하십니까 ? 안녕하셨어요 ?

王 : 老師，我是王大德。

老師，身體好嗎？過得好嗎？

장 : 　잘 지냈어요 . 왕씨는요 ? 잘 지내죠 ?

張 : 　我很好。你呢？過得好吧？

왕 : 　예 , 좀 바쁘지만요 .
　　　선생님 , 다음 수요일에 시간 있으세요 ?
　　　점심을 대접하려는데요 .

王 : 　是的，只是有點兒忙。
　　　老師，下禮拜三您有空嗎？
　　　想請您吃午飯。

장 : 　멀리서 오시는데 시간을 내야죠 .

張 : 　你老遠跑來，該把時間空出來的。

왕 : 　감사합니다 . 그럼 , 다음 수요일 12 시에 우리
　　　신라반점에서 만납시다 .

王 : 　謝謝。那，下個禮拜三，十二點我們在新羅飯店見吧！

장 : 　네 , 그러지요 .

張 : 　好，就這麼約定。

說說看！

건강하다	健康	**신라반점**	新羅飯店
지내다	過（日子）、經過		
바쁘다	忙碌的		
대접하다	招待		
멀리	老遠（멀다的副詞形）		

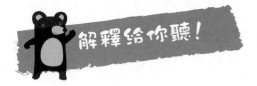

解釋給你聽！

- (으) 세요 = 시어요
表示對動作主體的尊敬，- (으) 用在子音結尾的詞後，當 – 세요 用於第二人稱時，意為「請～」，用於第三人稱時，是一種表示禮貌的語尾

누굴 찾으세요 ? 您找誰？

오세요 . 請來、請進！

만나세요 . 請見（他）吧！

안녕히 가세요 . 請走好！

안녕히 계세요 . 請留步！

잠깐 기다리세요 .
請等一下！

잠깐만 기다리세요 .
請等一下下！

「잠깐」是「一會兒」，「만」是「只、只有」的意思，「기다리다」是「等候」

잘 지냈습니다. 過得好。

지내다 當過日子、過活，也做舉行（婚喪祭祀等儀式）用

행복하게 지내다. 幸福地過日子。

제사를 지냈어요. 祭祀過了。

바쁘지만요

意為「**바쁘지만 잘 지냈어요.**（雖然忙碌，過得很好。）」，**바쁘다** 是「忙碌」的意思

요즘은 몹시 바빠요. 近來很忙。

바쁜 발자국소리. 急促的腳步聲。

하려는데요 = 하려고 하는데요
想要做~

- 려고 하다 表示打算或計畫

지금 점심을 먹으려고 하는데요.
現在打算吃午飯。

너무 피곤하기 때문에 그냥 쉬려고 합니다.
因為太累，想就此休息了。

 翻成中文，再用韓語練習看看！

1. 생선회 드셔보셨어요 ? 맛이 어때요 ?

2. **가끔요 . 이건 담백하고 좋으네요 .**

3. 바다에서 갓 잡은 건 신선해서 훨씬 더 맛있어요 .

4. **보기만 해도 입맛이 당기네요 .**

5. 중국 요리에 비하여 한국 요리는 비교적 담백한 편이지요 .

선생님 , 건강하십니까 ?
안녕하셨어요 ?
老師，身體好嗎？過得好嗎？

8 극장

戲院

MP3 33

남편 :	**여보 , 서둘러요 . 늦겠어요 .**
先生 :	老婆，快點啊。來不及了。
부인 :	**지금 몇 시인데요 ?**
夫人 :	現在幾點了？
남편 :	**네 시 반이요 .**
先生 :	四點半了。
부인 :	**그럼 충분한데요 , 뭘 .**
夫人 :	那還早嘛，說什麼來不及。
남편 :	**자 , 빨리 가요 . 택시 잡고 , 표 사고 하려면 시간이 꽤 걸릴 걸 .**
先生 :	好吧，快走啊。要叫計程車，再買票，很費時的。

說說看！

		택시 (taxi)	計程車
서두르다	趕快	**꽤**	（副詞）頗～、怪～、相當地～
늦다	遲的、晚的	**걸릴 걸 =**	會要花時間
충분하다	充分、足夠	**걸리다 + ㄹ 것을**	
뭘 = 무얼	（感嘆詞）表「強調」	**예매하다**	預買、預購
= 무엇을		**틈**	空閒、空隙、空間、時間

부인 : 　아니 , 예매하지 않았어요 ?

夫人 : 　怎麼，你沒有預購啊？

남편 : 　예매할 틈이 있었어야지 .

先生 : 　哪有時間去預購啊！

부인 : 　그럼 여섯 시 프로를 보기 어렵겠는데요 .

夫人 : 　那六點的那場恐怕不容易看了。

남편 : 　드디어 극장에 다 왔어요 .

先生 : 　終於來到戲院了。

부인 : 　어휴 , 웬 사람이 이렇게 많죠 ?

夫人 : 　呵唷，怎麼人這麼多啊？

남편 : 　역시 노는 날에는 사람이 많군 . 저리 가서 줄을 섭시다 .

先生 : 　假日人還真多！我們去那邊排隊吧！

줄 서 있는 관객 : 아니 , 여보세요 . 왜 중간에 끼어 서려고
　　　　　　　　　　하는 겁니까 ?

排隊（買票）的觀眾：喂！怎麼，想要（擠到中間）插隊啊？

남편 : 　어 , 안 그렇습니다 . 미안합니다 .

先生 : 　喔，不是的，抱歉！

- 어야지	得要、必須	**어휴**	（感嘆詞）呵唷、哇
보기	（보다的名詞形）看	**웬**	何來、怎麼、哪來的
어렵다	困難、不容易	**노는 날 (놀다 + 는 날)**	遊玩的日子（假日）
드디어	終於	**줄을 서다**	排隊
다 왔다	到達	**중간에 끼어 서다**	插隊

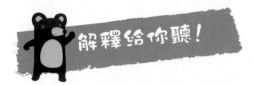

解釋給你聽！

01

시간이 꽤 걸릴 걸 要花費不少時間的哩

시간이 걸리다 . 花時間。

- ㄹ 걸 口語用的終結語尾，表「推測」，有「也許要～、大概會～」的意思

2 시간이 걸렸다 . 花了兩個鐘頭。

02

할 틈이 있었어야지

得要有做～的時間才行哪 = 할 시간이 없어

예매할 틈이 있었어야지 = 예매할 시간이 없었어요 . 哪有空去預購啊 = 沒時間去。

03

보기 어렵겠는데요 .

此處的「**겠**」表示「推測」，「**- 는데요**」為陳述型終結語尾，「**보기**」是「**보다**的名詞形」，此處省略了主格助詞 **- 가**

왜 중간에 끼어 서려고

直譯為「為何想插到隊伍中間來站立？」的意思，這裡所謂的「**중간**」是指**줄 중간**（隊伍中間），**끼어 서다**是插入站立，**끼다**作不及物動詞時有「籠罩、瀰漫、長（苔）、生（鏽）、積（塵垢）、帶有」等意義

얼굴에 노기가 끼었다. 臉上帶怒氣。

줄 중간에 끼어 섰다. 插隊。

책보를 끼어 학교에 간다.
夾著書包上學去。

아이들은 팔을 끼고 공원으로 간다.
孩子們挽著手臂往公園去。

큰 길은 내내 강을 끼고 뻗어갔다.
大路一直沿著江伸展出去。

날씨가 추운데 털옷을 더 껴 입어라.
天氣冷再多加一件毛衣吧！

翻成中文，再用韓語練習看看！

1. 고향을 떠난 지 벌써 몇 년이나 지났어요 ?

2. 인간은 사회를 떠나서는 살아갈 수 없지요 ?

3. 그는 전화를 받자마자 뛰어 나갔어요 .

4. 경주는 신라의 유적으로 유명하다지요 ?

5. 틈이 있으면 극장에도 가끔 가요 ?

9 세탁소
洗衣店

MP3 34

왕 : 이 셔츠와 바지 좀 세탁해 주세요 .

王 : 請幫我洗一下這件襯衫和褲子。

종업원 : 드라이 클리닝이에요 ?

店員 : 要乾洗嗎？

왕 : 네 , 며칠 걸려요 ?

王 : 是的，要幾天？

종업원 : 모레 오세요 .

店員 : 請後天來取。

說說看!

세탁소 (洗濯所)	洗衣店	며칠	幾天、幾日、幾號
셔츠 / 샤쓰 (shirt)	襯衫	걸리다	花費（時間）
바지	褲	모레	後天
드라이 (dry)	乾	돈 (을) 내다	付錢
클리닝 (cleaning)	洗	맡기다	交~負責、給~負責、 交託、委託

왕 : **돈은 지금 내요 ?**

王 : 錢現在付嗎？

종업원 : **아니요 . 옷 찾을 때 내세요 .**

店員 : 不用，請取衣的時候再付。

왕 : **알겠습니다 . 안녕히 계세요 !**

王 : 好。再見！

종업원 : **안녕히 가세요 .**

店員 : 您好走（再見！）

왕 : **셔츠 찾으러 왔어요 .**

王 : 我來取衣。

종업원 : **언제 맡기셨어요 ?**

店員 : 是何時交洗的？

그저께	前天
맞다	對、準、一致

왕 : 그저께 맡겼는데요 .

王 : 前天拿來的。

종업원 : 뭘 맡기셨어요 ?

店員 : 交洗的是什麼呢？

왕 : 셔츠와 바지요 .

王 : 襯衫和褲子。

종업원 : 이것들입니까 ?

店員 : 是這些嗎？

왕 : 네 , 맞아요 .

王 : 是，對的。

해 주세요

由動詞하다 + 주다再加尊敬命令形語尾세요而成，
해 = 하여，兩個動詞中間要用 - 아 / 어 / 여來連接，
해 주세요意為「請幫我做～」，這裡的주다／드리
다是補助動詞

동생에게 책을 사 주었어요 .

買了書給弟弟。

딸에게 어린이책을 읽어 준다 .

唸童書給女兒聽。

이 짐 좀 들어 주세요 .

請幫（我）拿一下這行李。

예 , 들어 드리겠어요 . 是，（我）幫你拿。

응 , 들어 줄게 . 嗯，我幫你拿。

01

옷 찾을 때

「來取衣服的時候」是由옷 찾다（取衣）再加
- 을 때 所組成，「去銀行領錢」說은행에 가서 돈（을）
찾다。- ㄹ 때加在動詞語幹或시之後，表示「要做～
的時候」

여기에 오실 때 가지고 오세요 .

請你要到這兒來的時候帶來。

02

날씨가 따뜻할 때 가겠어요 .

天氣暖和時我要走。

내가 일할 때 그분이 왔어요 .

當我要工作時他來了。

내가 한국에 올 때마다 그분을 만나요 .

每當我來韓國時就遇到他。

- (으) 러

是加在動詞語幹後的連結語尾，常與가다、오다一類
移動動詞一起用，表示去或來的目的

점심을 먹으러 왔어요 .　來吃午飯。

그분을 만나러 갑시다 .

讓我們一起去見他。

책을 사러 책점에 가겠어요 .

我要去書店買書。

우리 수영하러 갈까요 ?

要不要一起去游泳？

翻成中文，再用韓語練習看看！

1. 빨래할 때 세탁소에 맡기세요?

2. **빨랫감을 가지고 냇가에 간 적이 있어요?**

3. 빨랫방망이를 써서 세탁한 적이 있어요?

4. **집 가까운 데에 세탁소가 있어요?**

5. 수영복도 세탁기로 세탁해요? 건조기도 써요?

10 다방
茶館／咖啡館

MP3 35

남자 :	정말 미인이시군요 , 시간이 있으시면 저하고 커피라도 한 잔 같이 하실까요 ?
男生 :	真是個美人兒啊！有時間的話要不要跟我喝杯咖啡啊？
여자 :	**아니요 . 바빠요 .**
女生 :	不，我很忙。
남자 :	**그럼 내일은 어떠신가요 ?**
男生 :	那明天如何？
여자 :	**내일도 바빠요 .**
女生 :	明天也很忙。

정말	真的、真話	바쁘다	忙碌的
미인	美人	**모레**	後天
한 잔	一杯	**설탕 (雪糖)**	白糖
커피라도	咖啡什麼的	**크림 (cream)**	奶精
안 되겠다	不行	**타다**	加、放、乘、騎

남자 : 　아 , 그렇습니까 ? 그러면 안 되겠군요 . 실례 많았어요 .

男生 : 　啊，是嗎？那就沒辦法了。抱歉打擾了。

여자 : 　여보세요 ! 모레는 시간이 있는데요 .

女生 : 　先生！後天我有空。

남자 : 　모레 ? 난 바빠요 .

男生 : 　後天？我沒空。

남자 : 　아가씨 , 여기 커피 한 잔 주세요 .

男生 : 　小姐，給我來一杯咖啡。

아가씨 : 　네 , 곧 가져다 드리겠어요 .

　　　　　설탕과 크림을 타시겠어요 ?

小姐 : 　好，馬上來。

　　　　要不要加糖和奶精？

남자 : 　아니요 . 블랙 커피를 마셔요 .

男生 : 　不用。我喝黑咖啡。

블랙 (black) 　黑

-(으)면

加在動詞、形容詞、存在詞語幹後的連結語尾，表假定的條件，一般前面會出現혹시、만일、만약一類的副詞，表示「如果～的話」

그것이 좋으면 사겠어요.
那東西要是好的話我就買。

만일 비가 오면 가지 맙시다.
萬一下雨的話我們就別去了。

만약 그분을 만나면 말씀하세요.
如果見到那一位的話就請告訴他

혹시 급한 일이 생기면 내게 연락을 하세요. 或許有急事就請跟我聯絡。

-(이)라도

a. 加在名詞後，代替格助詞用的補助詞，意為在眾多事物中無從選擇時，暫且選一樣

커피가 없으면 냉수라도 한 잔 주세요.
沒咖啡的話請給我一杯冷水也好。

심심한데 바둑이라도 두자.
無聊的很（我們）來下圍棋吧！

b. 是 - **라고 해도**的簡略形，屬連結語尾，與**이다**結合使用，表讓步，是「即使～也～」的意思，非**이다**的其他動詞用 - **아도** / - **어도**

그가 부자가 아니라도 결혼했을까 ?
即使他不是富翁你還會結婚嗎？

그가 사장이라도 우리는 할 말을 해야 합니다 .
就算他是老闆，我們該說的還是要說。

안 되겠군요
是**안 되다**（不行）＋ **겠**（表推測、可能）＋ **군요**（表感嘆，요是尊敬語尾）

안 되다 . 不行。

지금 가서는 안된다 .
現在去不行。

그 애를 보내는 것이 어쩐지 마음에 안 되었다 .
不知怎麼，把孩子送走，總是放心不下。

폐를 끼쳐서 참 안 되었어요 .
打擾了，真對不起！

「여보세요.」為「여보시오.」的親切叫法，
打電話時或稱呼陌生人時用的「喂！」也可使用
「여기 좀 보세요.（請看看（我）這兒。）」

翻成中文，再用韓語練習看看！

1. 자주 다니는 단골 다방이 있어요？

2. **학교 주변에 다방이 많아요？**

3. 다방에 가면 주로 무엇을 시킵니까？

4. **친구를 만날 때 다방에 갑니까？**

5. 차나 커피를 마실 때 꼭 다방에 가요？

아가씨, 여기 커피 한잔 주세요.

小姐，給我來一杯咖啡。

11 병원에서

在醫院

의사 : 어디 좀 볼까요 ? 숨을 크게 쉬어 보세요 .

醫生 : 來，我來（檢查）看看吧。深呼吸。

환자 : 휴 ---

病患 : 咻－

의사 : 숨소리는 많이 좋아졌습니다 . 기침은 많이
하셨나요 ?

醫生 : 呼吸聲好多了。常咳嗽嗎？

환자 : 그저께 밤에는 아주 많이 했고 , 어제 밤에도 별로
나아지진 않았어요 . 그리고 밤에 더 많이 해요 .

病患 : 前天夜裡咳得兇，昨晚也不怎麼好。總是晚上咳得多。

숨 쉬다	呼吸	검사하다	檢查
좋아지다	變好	되도록	盡量、盡可能
기침하다	咳嗽	소변 / 오줌	尿
별로	特別	혈액	血液
주사를 맞다	（接受）打針	주의할	要注意的～

의사 : 네, 오늘도 주사를 한 대 맞고 가시죠. 물을 많이 마셔야 돼요.

다음 주 월요일에 와서 소변과 혈액 검사를 해야 합니다.

醫生 : 是嗎，今天也要打一針。水要多喝。

下禮拜一來驗尿並抽血檢查一下。

환자 : 네, 알겠습니다. 특별히 주의할 점은 없습니까?

病患 : 好的，知道了。有什麼要特別注意的嗎？

의사 : 되도록 찬 음식을 먹지 말고, 더운 물을 많이 마셔야 지요.

醫生 : 盡量別吃冰冷的東西。要多喝溫開水。

환자 : 네, 감사합니다.

病患 : 是的，謝謝！

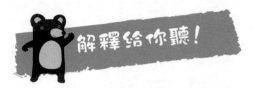

「어디 좀 볼까요?」意思為「來，讓我看看好嗎？」
也用「어디 좀 봅시다.」，對朋友則用「어디 좀 보
자」意思為「來，我們瞧瞧」

환자 : 목이 따가워요 .
病患：喉頭火辣辣的。

의사 : 어디 봅시다 . 목이 좀 붓고
　　　기관지가 나빠졌군요 .
醫生：我來瞧瞧，喉嚨有點腫，支氣管變弱了。

여동생 : 오빠 , 불이 안 들어와 .
妹妹：哥，燈火不亮。

오빠 : 어디 보자 . 전구가 끊어졌어 .
哥哥：讓我瞧瞧，燈泡壞了（保險絲斷了）。

숨을 크게 쉬어 보세요 .
請做深呼吸（看看）。

「숨을 쉬다 .」意思為「呼吸」，「- 어 보다」表「試
試看」

별로 나아지진 않았어요 . 沒怎麼變好。

별로 - 지 않았다 沒怎麼~

낫다 好、癒

- 아지다 變得~

진 = 지는 , 는表強調

나아지진 않았어요 . 沒有變好。

주사를 한 대 맞다 . 被打一針。
환자에게 주사를 놓다 . 給病人打針。

대 （量詞）架、輛、支
비행기 한 대 飛機一架
자동차 2 대 汽車二輛
연필 두 대 鉛筆兩支
담배 한 대 菸一支

되도록 - 지 말고 盡可能不要~

**되도록 찬 음식을 먹지 말고 , 더운
물을 많이 마셔요 .**
盡量別吃冷食物，請多喝溫開水。

**되도록 멀리 가지 말고 , 가까운 곳으
로 가죠 .** 盡可能別走遠，在附近走走吧。

**되도록 술 마시지 말고 , 일찍 집에 돌
아와요 .** 盡可能別喝酒，早點回家。

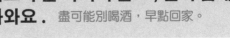

翻成中文，再用韓語練習看看！

1. 감기에 걸렸을 때 어떻게 해요 ?

2. **배가 아플 때 바로 약국에 가서 약을 사 먹어요 ?**

3. 병원에 입원한 적이 있어요 ? 무슨 병으로 입원했습니까 ?

4. **평소에 무슨 운동을 얼마 동안 합니까 ?**

5. 어떤 운동이 가장 건강에 도움이 됩니까 ?

되도록 찬 음식을 먹지 말고,
더운 물을 많이 마셔야지요.
盡量別吃冰冷的東西。要多喝溫開水。

12 박물관

博物館

왕 : 야 , 굉장하군 . 이게 몇 년 전의 유물이죠 ?

王 : 哇，真宏偉啊！這是多少年前的遺物啊？

박 : 지금으로부터 2501 년 전이에요 .

朴 : 是 2501 年前的。

왕 : 어떻게 그렇게 정확히 알아요 ?

王 : 你怎麼這麼確定？

박 : 작년에 왔을 때 2500 년 전 물건이라고 했거든요 .

朴 : 因為去年來的時候說是 2500 年前的東西。

왕 : 그 때에는 나라가 있었나요 ?

王 : 那個時候已經有國家了嗎？

굉장하다	宏偉、巨大	잠깐만	只一會兒
유물	遺物	쉬다	休息
정확히	正確地	다리 아프다	腳痛
역사	歷史	훨씬	～得多
호기심	好奇心	튼튼하다	健壯、結實

박 : 그럼요 , 삼국시대였죠 .

朴 : 當然，是三國時代吧！

왕 : 그건 역사가 퍽 오래되었군요 .

王 : 那歷史頗久了呀！

박 : 잠깐만 쉬었다가 갑시다 .

朴 : 休息一下再走吧！

왕 : 왜요 ? 벌써 다리가 아파요 ?

王 : 怎麼？已經腳痛了嗎？

박 : 네 , 왕씨는 나보다 훨씬 튼튼한 것 같군요 .

朴 : 嗯，王兄好像比我健壯的多呀！

왕 : 튼튼하다기보다는 호기심이 강한 것이겠죠 .

王 : 什麼健壯，大概是好奇心強吧！

解釋給你聽！

- 으로부터

是由助詞으로加上補助詞부터而成, - 으로此處表
方向, 부터是「從～起」的意思

지금으로부터

是「自現在算起」, 分開使用如:

**내 안경 어디로 갔지 ?
아까부터 여기 있었는데 .**

我的眼鏡跑哪兒去了?從剛才起一直在這兒的。

- (이) 라고 했거든요

- 라고 하다是「說是、稱為」的意思, **- 거든 (요)**
是一個終結語尾, 表示理由或說明事實

**그 연극은 인기가 있어요 .
재미가 있거든요 .**

那話劇很受歡迎, 因為有趣。

**요즘은 선풍기가 잘 팔려요 .
더위가 심하거든요 .**

近來電風扇賣的好。因為天氣很熱。

- 었다가

是中斷形連結語尾，- **다가**前面加上過去式的**었**而成，**었**是個完了時相的語尾，表示前面動作完成，加**다가**表示動作之轉換

잠깐 쉬었다가 가요 .

休息一會兒再走吧！

의자에 앉았다가 일어났어요 .

在椅子上坐了坐，站了起來。

상한 음식을 먹었다가 배탈이 났어요 .

吃了壞的食物之後，拉肚子了。

- ㄴ 것 같군요 是 **- ㄴ 것 같다**加上尊敬感嘆語尾**군요**而成，意為「像是～的啊」

그는 집에 있는 것 같다 .

他好像在家。

박형은 몸이 튼튼한 것 같군요 .

朴兄好像身體很結實喔！

호기심이 퍽 강한 것 같군요 .

好奇心好像頗強嘛！

- 보다   加在名詞後表示「比較」的助詞

지하철이 버스보다 더 빠릅니다 .
地鐵比巴士更快。

날씨가 생각보다 춥지 않은데요 .
天氣比所想的還不冷。

몸이 나보다 훨씬 튼튼한데요 .
身體比我結實的多。

**튼튼하다기보다는 = 튼튼하다고
하기 보다는**   比起你所謂的健壯來～

호기심이 강한 것이겠지요 .
我想可能是好奇心強吧！（此處的**겠**表示推測）

 翻成中文，再用韓語練習看看！

1. 따뜻하다기보다는 더운 날씨입니다 .

2. **그렇게 김밥이 먹고 싶거든 가서 사 오세요 .**

3. 시간이 없어서 구경을 겨우 10 분밖에 못했어요 .

4. **전보다 한국어 실력이 많이 나아졌어요 .**

5. 한국의 공휴일에는 어떠한 것들이 있습니까 ?

13 서점에서
在書店

MP3
38

왕 : 서점에 가서 구경을 하고 싶어요 .

王 :　想到書店去逛逛。

김 : 제일 큰 서점은 교보문고입니다 .

金 :　最大的書店是教保文庫。

왕 : 그럼 , 거기로 갑시다 .

王 :　那我們就去那裡吧！

김 : 무슨 책이 필요합니까 ?

金 :　要買什麼書呢？

왕 : 어학과 역사 방면의 책이 필요해요 .

王 :　我要買語學和歷史方面的書。

說說看！

서점	書店	먼저	先
교보문고	教保文庫	가격	價格
개론서	概論書	계산대 (計算臺)	櫃台、收銀台
전문 분야의	專門領域的	돈을 내다	付錢
역사류 컬럼 (column)	歷史類專櫃		

김 : 개론서 아니면 전문 분야의 책이 필요합니까 ?

金 : 要的是概論性還是專門性的書呢？

왕 : 한국 현대말 문법책과 현대사 분야의 책을 사려는데요 .

王 : 想買韓國現代語文法書和現代史方面的書。

김 : '한국어문법사전' 이란 책은 여기 있고 , 현대사 분야의
　　책은 저쪽 역사류 컬럼에 가서 찾아야죠 .

金 : 這兒有本叫「韓國語文法辭典」的書，現代史方面的書得到那邊歷史類
　　專櫃去找才行。

왕 : 그렇군요 . 고맙습니다 .

　　그럼 먼저 이 문법사전이란 책을 사지요 . 가격은 얼마지요 ?

王 : 這樣啊，謝謝你！

　　那我先買這本文法辭典吧。價格是多少？

김 : 22000 원이래요 . 거기 계산대에 가서 돈을 내야죠 .

金 : 標示說兩萬兩千元。要到那邊收銀台去付。

왕 : 네 , 그렇게 하지요 .

王 : 好，去那邊付。

解釋給你聽！

- 고 싶어요
表意願或期盼，並欲聽對方意見

고향으로 돌아가고 싶어요 .
想回故鄉去。

현금자동지급기에 가서 돈을 찾고 싶어요 . 想去自動提款機那兒領錢。

자동차용 진공청소기를 사고 싶은데요 . 想買汽車用吸塵器。

아니면 還是、或是

고기를 좋아하세요 아니면 야채를 좋아하세요 ? 喜歡肉還是蔬菜呢？

영어를 잘 하는 편입니까 아니면 일어를 잘 하는 편입니까 ?
（你是）英語好還是日語好？

졸업한 후에 취직을 합니까 아니면 대학원을 다니렵니까 ?
畢業後要就業還是念研究所？

 翻成中文，再用韓語練習看看！

1. 서점에 자주 가요 ? 주로 어떤 분야의 책을 읽어요 ?

2. **그 친구를 만나거든 안부 좀 전해 주세요 .**

3. 평소에 운동을 많이 하는 편입니까 ?

4. **요즘은 채소 값이 비쌀 뿐더러 품질도 좋지 않아요 .**

5. 읽을 만한 소설이 있으면 소개해 주세요 .

14 이발소
理髮店

이발사 : 어서 오세요 . 손님 , 외투 좀 벗고 이쪽으로 앉으세요 .
理髮師 : 請進。來客，請脫了外套到這邊坐。

왕 : 그래요 . 많이 기다려야 돼요 ?
王 : 好。要等很久嗎？

이발사 : 곧 될 겁니다 . 5 분만 기다리세요 .
理髮師 : 馬上就好。只要等五分鐘。

이발사 : 손님 , 이 자리에 앉으세요 . 머리 어떻게 깎으려고
합니까 ?
理髮師 : 來客，請來這個座位坐。您想要怎麼剪呢？

說說看！

외투	外套	**바르다**	擦、塗抹
벗다	脫（衣）	**걱정하다**	擔心
수염	鬍鬚	**파마**	燙髮
면도 (面刀) 하다	刮臉	→ **퍼머넌트** = permanent wave
왁스 (wax)	髮蠟	

왕 :   머리 끝을 조금 깎은 다음에 감아 주시고 파마 해주세요 .

　　　그리고 수염도 깎아야 돼요 .

王 :   髮梢稍微剪一下，然後洗頭再幫我燙。

　　　鬍鬚也得刮一下。

이발사 :   면도를 하려면 파마하기 전에 해야지요 .

理髮師 :   要刮臉的話，得在燙髮之前做才好。

왕 :   네 , 그렇게 합시다 .

王 :   是啊，就這麼做吧！

이발사 :   왁스도 바르시지요 ?

理髮師 :   也要塗髮蠟吧？

왕 :   네 , 조금 해 주세요 . 왁스를 너무 많이 바르면 보기 싫어요 .

王 :   好，抹一點。太多髮蠟看起來討厭。

이발사 :   잘 해 드릴 테니 걱정할 것 없어요 .

理髮師 :   會幫您好好做的，請不要擔心。

解釋給你聽！

- (으) ㄴ 다음에加在動詞語幹之後，表示前面
動作完成之後……

= (으) ㄴ 후에

한국에 온 다음에 서울대에 들어 갔어요 . 來韓國之後就進了首爾大。

대학을 졸업한 다음에 뭘 하시겠어요 ? 大學畢業後要做什麼？

점심을 한 다음에 차나 커피를 마십시다 . 午餐後咱們喝個茶或咖啡吧。

영화를 본 후에 집으로 돌아갔어요 . 看完電影就回家去了。

- **기 전에**中之**기**是名詞形語尾，
加**전에**表示在什麼之前

한국에 오기 전에 정대에 다녀요 .
來韓國之前我上政大。

대학을 졸업하기 전에 졸업 여행으로 한국에 갔어요 .
大學畢業之前去韓國畢業旅行。

영화를 보기 전에 먼저 그 영화에 관한 이야기를 했어요 .
在看電影之前先談過關於這電影的故事。

- ㄹ 테니 = - ㄹ 터이니

터是個形式名詞，表示意欲，有「將會、預計要……」的意思

내일부터 시험을 시작할 테니 공부 좀 해야지요 . 明天開始要考試，所以該讀點書吧！

다른 집에 있을 테니 빨리 가서 찾아야지요 . 預計別家會有，趕緊去找吧！

그는 세 시까지 올 테니 좀 더 기다리세요 . 他三點以前會來，請再等一會兒。

- ㄹ 것 없어요 表「無須、不必」的意思

지금 가자 . 더 이상 기다릴 것 없어요 . 現在走吧。不必再等下去了。

버스 탈 것 없어요 . 내 차를 타고 가자 . 不必乘巴士。坐我的車一起去吧！

선물 위해서 너무 신경 쓸 것 없어요 . 그냥 돈을 내면 되지 않아요 ? 不必為禮物太費心了。就包現金不就行了嗎？

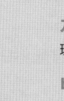

 翻成中文，再用韓語練習看看！

1. 머리가 산뜻하구나 , 언제 이발했어 ?

2. 얼마만에 한 번씩 머리를 감습니까 ?

3. 눈을 감고 음악을 들으면 하루의 피곤이 풀리는 것 같지요 ?

4. 그 때는 좋은 영화가 나오기만 하면 꼭 보러 가곤 했었어요 .

5. 머리를 깎을 때 꼭 단골 집에 가서 아는 이발사에게 맡깁니까 ?

15 미장원
美容院

미용사 : 어서 오십시오 . 손님 , 이쪽에 와서 앉으시죠 .
　　　　어떻게 하여 드릴까요 ?
美容師 : 　請進！您請到這邊來坐。
　　　　要怎麼幫您做呢？

미스 박 : 내일 모임이 있어서 머리를 좀 자르고 파마를 해 주세요 .
朴小姐 : 　明天有聚會。請幫我剪一下頭髮再燙。

미용사 : 한복을 입으세요 아니면 양장을 입으세요 ?
美容師 : 　您穿韓服還是洋裝？

미스 박 : 양장을 입어요 . 왜요 ?
朴小姐 : 　穿洋裝。怎麼了？

미장원 (美粧院)	美容院	**양장**	洋裝
손님	客人	**어울리다**	（ 어우르다 之被動形）
모임	集會、聚會		調和、適合、相稱
자르다	剪、砍	**굵다**	粗的、大的
한복	韓服	**어깨**	肩、肩膀

미용사 : 한복을 입으면 머리를 올리는 게 더 어울려요 .

美容師 : 穿韓服的話頭髮盤上去更加合適。

미스 박 : 그래요 ? 난 양장을 입을 건데 ......

朴小姐 : 是嗎？我是穿洋裝哪……

미용사 : 양장을 하시니 제 생각에는 굵은 파마를 하면 예쁠 것 같은데요 .

美容師 : 因為您穿洋裝我覺得燙大髮會很漂亮。

미스 박 : 그러면 어깨까지 자른 후에 굵은 파마를 해 주세요 .

朴小姐 : 那請先幫我剪到肩，然後燙大髮。

미용사 : 머리는 감으셨어요 ?

美容師 : 頭髮洗過嗎？

미스 박 : 네 , 오늘 아침에 감았으니까 그냥 해도 되겠지요 .

朴小姐 : 是，今早洗過了就不用再洗也行吧！

미용사 : 예 , 알겠어요 . 예쁘게 해 드리겠어요 .

美容師 : 好，我知道了。會幫您做得很美的。

머리를 감다	洗髮
굵은 파마를 하다	燙大捲
그냥	就那樣

解釋給你聽！

- ㄹ 건데 = - ㄹ 것인데

表說明「我會……」、「我要……」

나는 양장을 입을 건데 . 我會穿洋裝。

머리를 짧게 자를 건데 .
我要把頭髮剪短。

이 물건을 옷장 위에 올릴 건데요 .
我要把這東西放到衣櫃上去。

제 생각에는 我的想法是~、依我所見

제 생각에는 그분이 오늘 나오지 않을 것 같아요 . 我想他今天大概（表推測）不會來。

내 생각엔 이 컴퓨터가 바이러스에 감염 된 것 같은데 . 我想這電腦可能感染到病毒了。

제 생각에는 머리를 올리면 더 예쁠 것 같 은데요 . 依我看，把頭髮盤上去好像會更漂亮。

- ㄹ 것 같은데 好像會~

한복을 입을 것 같은데 머리를 어떻게 해야 돼요 ?
好像會穿韓服，頭髮該怎麼做才好呢？

곤란할 것 같은데 안 가는 것이 더 좋겠지요 . 好像會有困難，還是不去比較好吧！

양장을 입으면 머리를 짧게 다듬은 게 더 어울려요 . 著洋裝的話，把頭髮短短地修齊更合適喔！

- 아 (어 , 여) 도 되겠지요

그냥 해도 되겠지요 . 就那麼做也行吧！

어린이니까 좀 어리광을 부리게 해도 되겠죠 . 因為是小孩讓他撒撒嬌也可以吧！

귀한 것이 아니니까 걱정하지 않아도 되겠지 . 因為不是什麼名貴的東西，不用擔心也行吧！

翻成中文，再用韓語練習看看！

1. 머리를 올리면 목 선이 예뻐요 .

2. 다음 달부터 월급을 올린다는 소식이 나왔어요 .

3. 방학이라고 반드시 놀러 가야 되는 건 아니지요 ?

4. 미용사는 한복을 입으면 머리를 어떻게 해야 어울린다고 했어요 ?

5. 위대한 인물들 중에는 어렸을 때 집안이 곤란했던 사람이 많아요 .

CH 04

┃口語體해與해요應用篇┃

　　自二十世紀後半以來，在一般口語中多用**해(요)**體及**하지(요)**體來簡化尊卑法，**해요**是敬語形，用來代替**합쇼**體和**하오**體的，**해(하여)**形就是半語(**반말**)，用來簡化**하게**體和**해라**體。

　　小孩從會說話開始就使用半語，因為尚無敬語意識，經過學習與記憶，慢慢地隨著使用語彙的增加，漸漸會使用不同的動詞語尾。到了三、四歲，他的敬語意識開始萌芽，才會使用更多不同的用語來表現。

　　在家庭裡夫妻互稱**여보**，稱對方**당신**，現代年輕一輩則互稱**자기**，稱對方時直呼名字，偶爾也用**당신**。老一輩的夫對妻用**하오**體說話，年輕一輩則不用敬語法而用半語-**어**來表現。有旁人在時妻對夫才用**해요**體-**어요**語尾，這是一種現代趨勢。兄弟姊妹間兄姊對弟妹都用**해라**體，稱對方**너**。弟妹對兄姊則用半語-**어**來表現，不使用**너**，自己用**나**。弟對兄用**형**，稱姊**누나**。妹對兄用**오빠**，稱姊**언니**。對長輩用敬語**해요**體-**어요**語尾來表現。而我們學了敬語形之後也要會使用半語-**어**，它是在日常生活非正式的場合中與平輩、晚輩、朋友、同年級同學之間普遍使用的形態。

1 오늘 바뻐 ?

今天忙嗎？

MP3 41

김 : 오늘 바뻐 ?
金 : 今天忙嗎？

박 : 아니 , 낮에는 좀 할 일이 있진만 저녁엔 별일이 없어 .
朴 : 不會，白天雖然有些事要辦，可是晚上沒什麼事。

김 : 그럼 영화구경을 가지 않겠어 ?
金 : 那想不想去看電影？

박 : 무슨 영화인데 ......?
朴 : 是什麼電影？

김 : 중국 무협 영화를 하고 있다는데 .
金 : 聽說有一部中國武俠電影上映中。

박 : 그래 ? 그럼 가자 .
朴 : 是嗎？那去吧！

說說看！

바뻐 (바쁘다 + 어)	忙	무협	武俠
별 ...... 없다	沒什麼特別的～		
영화 (映畵)	電影		
구경 (求景)	觀看、參觀		
중국	中國		

별일이 없어. 沒什麼事。

별 문제가 없어. 沒什麼問題。

이 꽃은 별 향기가 없어.
這花沒什麼香味。

있다는데. = 있다고 하는데.

是省略了「-고 하」的慣用形態，用在終止形語尾다之後

문제가 없다는데.

= 문제가 없다고 하는데.
據說沒有問題。

변화가 아주 많다는데.
有人說變化很多。

補充語彙

가전 家電

가스렌지 瓦斯爐	**오디오** 音響
가습기 加濕器	**오븐** 烤箱
건조기 烘衣機	**재봉틀** 縫紉機
공기청정기 空氣清淨機	**전기매트** 電熱毯
김치냉장고 泡菜冰箱	**전기밥솥** 電子鍋
냉풍기 冷風扇	**전기포트** 電熱水壺
다리미 熨斗	**전동칫솔** 電動牙刷
드라이어 吹風機	**전자레인지** 微波爐
드럼세탁기 滾筒式洗衣機	**전화기** 電話
디지털 캠코더 = 디캠 數位攝影機	**제모기** 除毛刀
로봇청소기 機器人吸塵器	**제습기** 除濕機
면도기 刮鬍刀	**청소기** 吸塵器
믹서기 調理機／攪拌器、攪拌機	**커피메이커** 咖啡機
선풍기 電扇	**탈수기** 脫水機
세탁기 洗衣機	**프로젝터** 投影機
에어컨 冷氣	**홈시어터** 家庭劇院

TV

3D TV 3D 電視	**MBC TV** 文化廣播電視台
KBS TV 韓國廣播電視台	**PDP TV** 電漿電視
LCD TV LCD 電視	**SBS TV** 首爾廣播電視台
LED TV LED 電視	**스마트 TV** 智慧型電視

디카 數位相機

DSLR 數位單眼相機   **즉석카메라** 拍立得相機

렌즈 鏡頭

 翻成中文，再用韓語練習看看！

1. 낫 놓고 기역자도 모른다 .

2. **낮말은 새가 듣고 , 밤말은 쥐가 듣는다 .**

3. 아니 땐 굴뚝에 연기가 날까 ?

4. **공든 탑이 무너지랴 ?**

5. 한술 밥에 배부르랴 ?

2 세월 흐르기가 참 빨라 !

歲月流逝真快 !

김 : 성탄절이 지나면 새해도 가까우지 .
金 : 聖誕節一過，新年也近了。

박 : 겨울이 가면 봄의 걸음은 멀지 않겠지 ?
朴 : 冬天一過，春天的腳步就不遠了吧？

김 : 봄이 오면 눈이 녹고 얼음이 풀려 .
金 : 春天一到，雪融化，冰也解了。

박 : 그리고 꽃이 피고 새가 노래를 하는데 .
朴 : 還有花開鳥唱。

김 : 그런데 설을 쇠면 또 한 살을 먹었어 .
金 : 可是，一過新年就又多了一歲。

박 : 그래 , 세월 흐르기가 참 빨라 !
朴 : 是啊，歲月流逝真快啊！

說說看 !

성탄절	聖誕節	쇠다	過（年、生日、節日）
지내다	過（日子）、經過	명절을 쇠다	過節
새해	新年	한 살 먹었다	長了一歲
가깝다	近的	흐르기 → 흐르다	流（名詞形）
눈이 녹다	雪溶	빨라（빠르다＋아）	快的

풀리다是풀다（解、解開）的被動形

얼음이 풀리다. 冰被溶解。

강이 풀리다. 江解凍了。

날이 풀리다. 天氣暖和起來。

설을 쇠다.（過年）是慣用法。過年過節用**쇠다**，不用**지내다**（過日子、過活）

지내다還當「舉行」（婚喪嫁娶等儀式）如：

제사를 지내다. 祭祀。

而**쇠다**也做（蔬菜）老，（病）惡化等解釋，如：

시금치가 쇠다. 菠菜老了。

병이 쇠다. 病惡化了。

흐르기為흐르다（流）的名詞形，另一形為흐름

강물이 동쪽으로 흐르다. 江水東流。

세월은 흐르는 물과 같다. = 세월은 유수와 같다. 流年似水。

補充語彙

휴대폰 手機

메모리카드 記憶卡	스마트폰 智慧型手機
배터리 電池	충전기 充電器
블루투스 藍牙	

컴퓨터 電腦

CPU 中央處理器	블루레이 藍光
DVD 레코더 DVD 燒錄器	스캐너 掃描器
SSD 固態硬碟	스피커 喇叭
USB 隨身碟	외장하드 外接硬碟
공 CD CD 光碟片	이어폰 耳掛式耳機
공 DVD DVD 光碟片	잉크 墨水匣
공유기 分享器	잉크젯 프린터 噴墨印表機
그래픽 카드 顯示卡	조립 PC 組裝電腦
노트북 筆電	케이스 機殼
램 記憶體	키보드 鍵盤
레이저 프린터 雷射印表機	타블렛 平板電腦
마우스 滑鼠	토너 碳粉匣
메신저 MSN	파워 電源供應器
메인보드 主機板	프린터 印表機
모니터 顯示器	하드 디스크 硬碟
무선랜 카드 無線網卡	헤드폰 頭戴式耳機
복합기 複合機	홈페이지 網頁

전화 電話

공중전화 公用電話	**시내전화** 市內電話
교환국 總機	**시외전화** 市外電話
국제전화 國際電話	**장거리전화** 長途電話
다이얼 撥號盤	**전화기** 電話機
수화기 聽筒、耳機	**통화중** 通話中（佔線）
수화자 부담 對方付款	**혼선** 短路

 翻成中文，再用韓語練習看看！

1. 바늘 도둑이 소 도둑이 된다 .

2. **아무리 바빠도 바늘 허리 매어 못 쓴다 .**

3. 천리 길도 한 걸음부터 .

4. **부뚜막의 소금도 집어 넣어야 짜다 .**

5. 콩 심은 데 콩나고 팥 심은 데 팥난다 .

3 이게 장맛비야?

這是霪雨嗎?

MP3 43

김 : 날씨가 흐려졌구나 . 비가 또 올 것 같지 ?
金 :　天氣變陰了呀！好像又要下雨喔？

박 : 그래 , 비가 너무 오기 때문에 걱정이지 .
朴 :　是的，雨下得太多了所以擔心。

김 : 바람이 불기 시작하는데 . 어쩌면 개일 것 같지 않지 ?
金 :　開始颳風了，怎麼都不像會轉晴吧？

박 : 글쎄 , 별이 났으면 좋겠는데 .
朴 :　是啊，若是星星出來就好。

김 : 먹구름이 하늘을 덮었어 . 곧 비가 와 .
金 :　烏雲蔽天，馬上就會下雨了。

박 : 이게 장맛비야 ?
朴 :　這是霪雨嗎？

說說看！

어쩌면 = 어찌하면	怎麼、如何一來的話
개다	晴朗、清除
글쎄	（感）是啊……（表不確定）
먹구름	烏雲
장맛비	霪雨

解釋給你聽！

어쩌면 如何

어쩌면 좋을지 모르겠어 .
不知如何是好。

이 일을 어찌하면 좋겠지 ?
這事怎麼辦才好呢？

개다 晴

날이 개다 . 天晴。

시름이 개다 . 憂慮消除。

개인 날씨 晴天

흐린 날씨 陰天

補充語彙

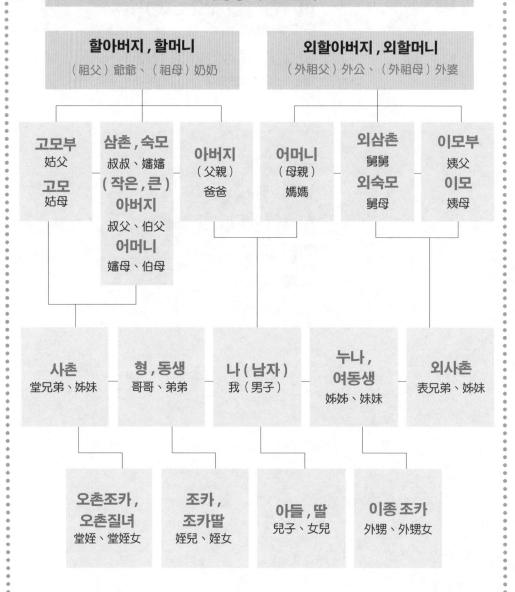

친족 명칭　(親族稱呼)

할아버지, 할머니
（祖父）爺爺、（祖母）奶奶

외할아버지, 외할머니
（外祖父）外公、（外祖母）外婆

고모부
姑父
고모
姑母

삼촌, 숙모
叔叔、嬸嬸
（작은, 큰）
아버지
叔父、伯父
어머니
嬸母、伯母

아버지
（父親）
爸爸

어머니
（母親）
媽媽

외삼촌
舅舅
외숙모
舅母

이모부
姨父
이모
姨母

사촌
堂兄弟、姊妹

형, 동생
哥哥、弟弟

나 (남자)
我（男子）

누나,
여동생
姊姊、妹妹

외사촌
表兄弟、姊妹

오촌조카,
오촌질녀
堂姪、堂姪女

조카,
조카딸
姪兒、姪女

아들, 딸
兒子、女兒

이종 조카
外甥、外甥女

 翻成中文，再用韓語練習看看！

1. 백지장도 맞들면 낫다 .

2. 개구리 올챙이 적 생각 못 한다 .

3. 원숭이도 나무에서 떨어질 때가 있다 .

4. 윗물이 맑아야 아랫물이 맑다 .

5. 백 번 듣는 것보다 한 번 보는 것이 낫다 .

4 오늘은 며칠이지？

今天是幾日？

김 :　오늘은 며칠이지 ?
金 :　今天是幾日？

박 :　10 월 1 일 (시월 일 일) 이지 .
朴 :　十月一日。

김 :　그래 . 어제가 9 월말이야 .
金 :　是喔，昨天是九月底嘛！

박 :　그러면 , 오늘이 무슨 요일이야 ?
朴 :　那，今天是禮拜幾？

김 :　수요일 .
金 :　禮拜三。

박 :　어제 일하러 사무실에 갔어 ?
朴 :　昨天你去上班了嗎？

김 :　아니 , 어제는 안 갔어 . 지난 사흘동안 쉬었어 .
金 :　沒，昨天沒去。過去三天都休息。

박 :　왜 ? 몸이 아팠어 ?
朴 :　怎麼，身體不舒服？

김 :　아니 , 휴가를 받았어 .
金 :　不是，我拿到休假了。

說說看！

며칠	幾天、幾日、幾號	**몸이 아프다**	身體不舒服
시월 일일	十月一日	**휴가**	休假
무슨 요일 (- 曜日)	禮拜幾、星期幾	**받다**	接受、得到
사흘	三天		
쉬다	休息		

解釋給你聽！

1. 接於名詞後的**이야**為해체的敘述形語尾，表說明

2. 接於名詞後的「**이냐？**」為해라체的疑問形語尾

3. **일하러**中的 **- 러**為表示「目的」的連結語尾，是
「為了～」的意思

補充語彙

가슴 胸	**생식기** 生殖器
간 肝	**소장** 小腸
고름 膿	**손** 手
골 腦袋	**손가락** 手指
귀 耳朵	**손목** 手腕
근육 筋肉	**신장** 腎臟
뇌 腦	**심장** 心臟
눈 眼睛	**십이지장** 十二指腸
눈물 眼淚	**쓸개** 膽
눈썹 眉毛	**어깨** 肩、肩膀
다리 腿	**얼굴** 臉、面孔
대장 大腸	**엉덩이** 屁股
등 背	**오줌** 尿、小便
땀 汗	**위** 胃
똥 糞、屎	**유방** 乳房
머리 頭、腦袋	**이** 牙齒
머리카락 頭髮	**이마** 額頭
목 脖子、頸	**입** 嘴、口
발 腳	**입술** 嘴唇
발가락 腳趾	**갑상선** 甲狀腺
배 肚子	**장** 腸
뼈 骨頭	**코** 鼻子

턱 下巴、下巴頦	**피부** 皮膚
팔 胳膊	**허리** 腰
폐 肺	**허파** 肺
피 血	**혀** 舌頭

 翻成中文，再用韓語練習看看！

1. 가는 말이 고와야 오는 말이 곱다 .

2. **금강산도 식후경 .**

3. 등잔 밑이 어둡다 .

4. **하늘이 무너져도 솟아날 구멍이 있다 .**

5. 어제가 다르고 오늘이 다르다 .

5 어느 계절이 제일 좋아 ?

最喜歡什麼季節？

김 : 어느 계절이 제일 좋아 ?

金 : 你最喜歡什麼季節？

박 : 글쎄 , 난 봄이 따뜻해서 제일 좋아 .

朴 : 這個嘛，春天暖和所以我最喜歡。

김 : 나는 가을이 제일 좋아 . 단풍이 멋있지 .
　　 게다가 바람이 참 상쾌해서 좋지 .

金 : 我最喜歡秋天。楓葉很美再加上秋風怡人所以喜歡。

박 : 그럼 , 겨울은 어때 ?

朴 : 那冬天如何？

김 : 난 겨울도 괜찮아 . 찬 공기가 산뜻한 느낌을 주어서 좋아 .

金 : 冬天也不錯。冷空氣給人新鮮的感覺，好啊！

박 : 그럼 여름도 좋아 ?

朴 : 那夏天也喜歡嗎？

김 : 아니 , 여름은 싫어 . 날씨가 너무 더워서 아무것도 못 하게 돼 .

金 : 不，我討厭夏天。天氣太熱，什麼事也做不了。

계절	季節	상쾌하다	爽快的
따뜻하다	暖和的	산뜻하다	新鮮的
단풍 (丹楓)	楓	느낌	感覺
멋있다	美的、帥氣的	덥다	熱的
게다가	再加上		

解釋給你聽！

못 하게 되다

是被動形態，表示「無法做了」的意思

- 게 되다可有三種用法：

① 表現「可能、可以、將會」的意思，如：

더 노력하면 목표를 훨씬 초과하게 됩니다 . 再加努力的話就能大大超過目標。

② 表現「變得、～起來了」的意思，如：

십대 건설을 다 완수하게 되면 곧 경제가 발달될 것이다 . 十大建設都完成的話，經濟就會發達起來。

③ 表現「被決定」的意思，如：

금년에 옥희도 학교에 입학하게 되었지 . 今年玉姬也可以上學啦！

補充語彙

개인택시 個人計程車

경고 警告

과속 超速

교통경찰관 交通警察

금연 禁止吸菸

당기시오 請拉（往內）

모범택시 模範計程車

무궁화호 木槿花號

미시오 請推（往外）

배 船

버스 公共汽車

버스표 公共汽車票

일반실 普通室

불조심 小心火災

비둘기호 鴿子號

사용중 使用中

새마을호 新村號

서행 慢行

속도 速度

속도제한 限速

수리중 修理中

승객 乘客

승차 乘車

식당차 餐車

신호등 信號燈

완행버스 慢速巴士

왕복 往返、來回

요금 費、費用

우등버스 優等公共汽車

운전수 司機

위험 危險

자동차 汽車

자전거 自行車

정류장 車站、停車場

정지 停止

좌석 座位

좌석버스 座席公共汽車（無站位）

주유소 加油站

주차장 停車場

중형택시 中型計程車

직행버스 直達巴士

철도 鐵道

칠 주의 注意油漆

침대차 臥鋪車

고급실 高級室

터미널 終點站

통일호 統一號

통행금지 禁止通行

 翻成中文，再用韓語練習看看！

1. 겉 다르고 속 다르다 .

2. 남의 허물을 들추어 내다 .

3. 남 손의 떡이 더 커 보인다 .

4. 귀 막고 방울 도둑질 한다 .

5. 소경 제 닭 잡아 먹기 .

6 어느 명절이 가장 크나요 ?

哪個節日最大？

왕 : 한국에는 어떤 중요한 전통적 명절들이 있나요 ?

王 :　韓國有哪些重要的傳統節日啊？

이 : 말하자면 우리 한국인 역시 대부분 양력을 따르지만 , 그러
나 명절의 경우에는 대부분 음력을 지켜요 . 대표적인 명절
은 예를 들면 설 , 초파일 - 석가 탄신일 , 오월 단오 그리고 추
석등이 있어요 .

李 :　要我說嘛，我們韓國人大部分過陽曆的。可是，節日的話大部分過陰
　　　曆。代表性的比如說農曆年、初八釋迦誕辰、五月端午以及中秋節等。

왕 : 어느 명절이 가장 크나요 ?

王 :　哪個節日最大呢？

이 : 역시 추삭이 가장 큰 명적이죠 . 왜냐하면 추석은 한해의 풍
성한 수확을 감사하는 날이기 때문이에요 . 그날 우리는 송
편을 해 먹어요 . 그 맛은 정말 일품이지요 .

李 :　還是中秋節最大。因為是感謝一年中豐收的日子，那一天我們做松片
　　　糕吃，那味道真是一級棒。

왕 : 정말 군침이 돌게 하는군요 . 그 전통 음식을 정말 좀 먹어보
　　고 싶군요 .

王 :　真教我流口水啦。真想嚐嚐看那種傳統食品啊！

이 : 염려마세요 . 곧 추석이 돼요 . 수일내로 먹을 수가 있어요 .

李 :　別擔心，馬上就是中秋了。幾日內一定可以吃到的。

전통적	傳統的	염려 (念慮)	在意、擔心
명절 (名節)	節日	예를 들면	舉例的話、例如
양력을 따르다	按陽曆（過節）	설	舊曆年
음력을 지키다	遵守陰曆	초파일	陰曆初八 （四月初八佛誕日）
대표적인	代表性的		
풍성한	豐盛的	석가 탄신일	釋迦誕辰日
수확	收穫	단오	端午
송편 (松片)	糕的一種	추석 (秋夕)	中秋節
일품 (一品)	一品、一等的	수일내 [수일래]	數日內
군침이 돌게 하다	使我流口水		

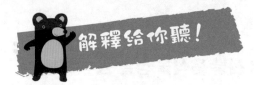

解釋給你聽！

- 지만

為連接語尾，表「雖然～可是」之意

자세히 모르지만 대강 알 수 있어요 .

雖然了解的不詳細，但知道一個大概。

왜냐하면意為「若要問理由的話，就是因為～」

是一個接續詞 = 왜 그러냐 하면

-기 때문에中，**기**為名詞形語尾，**때문**是一個形
式名詞，表示原因、理由、緣故的意思

다른 일이 있었기 때문에 늦게 왔어 .

因為有別的事所以來晚了。

먹어보고 싶군요中 **- 어 보다**表「試行」，

-고 싶다表「意願」，**- 군요**為「感嘆語尾」

05 마세요是禁止形말다 + 세요，ㄹ遇到ㅅ時要脫落

補充語彙

2 인분 兩份	**닭고기** 雞肉
간장 醬油	**도라지** 桔梗
갈비 排骨	**돼지고기** 豬肉
갈비탕 排骨湯	**된장** 豆瓣醬
갈치 帶魚	**된장찌개** 豆瓣醬燉湯（鍋）
고기 肉	**마늘** 蒜
고사리 蕨菜	**물고기** 魚
고추 辣椒	**반찬** 菜餚、菜
국 湯	**밥** 飯
국수 麵條	**불갈비** 烤排骨
김치 泡菜	**빈대떡** 綠豆煎餅
김치찌개 泡菜燉鍋	**빵** 麵包
깍두기 泡辣蘿蔔塊	**새우** 蝦
나이프와 포크 刀和叉	**생강** 薑
냉면 冷麵	**샴페인** 香檳酒
달걀 雞蛋	**서양요리** 西餐

補充語彙

설탕 (雪糖 **)** 白糖	**음료** 飲料
소금 鹽	**인삼차** 人參茶
쇠고기 牛肉	**젓가락** 筷子
숟가락 勺子、湯匙	**중국요리** 中餐
술 酒	**주스 / 쥬스** 果汁
술안주 下酒菜	**커피** 咖啡
술잔 酒杯	**파** 蔥
식초 醋	**한정식** 韓式套餐
신선로 火鍋（神仙爐）	**해삼** 海參
야채 蔬菜	**홍차** 紅茶
양고기 羊肉	**후추** 胡椒
우유 牛奶	

 練習　翻成中文，再用韓語練習看看！

1. 나 먹자니 싫고 남 주자니 아깝다 .

2. **소 잃고 외양간 고친다 .**

3. 범이 사납다고 제 새끼 잡아먹나 ?

4. **하룻 강아지 범 무서운 줄 모른다 .**

5. 꼬리가 길면 밟힌다 .

한국에는 어떤 중요한 전통
적 명절들이 있나요 ?

韓國有哪些重要的傳統節日啊？

7 날씨가 좀 쌀쌀해졌어 .

天氣變涼了。

김 : 날씨가 좀 쌀쌀해졌어 .
金 :　天氣變得有點涼了

박 : 가을이 되었으니까 .
朴 :　因為秋天到了呀！

김 : 그래서 그런지 , 요즘은 식욕이 좋아 .
金 :　也許是吧，最近食慾真好。

박 : 그것 참 다행이군 !
朴 :　那真幸運！

김 : 저 파란 하늘 좀 봐 !
金 :　你看那藍天哪！

박 : 정말 아름다운데 .
朴 :　真漂亮！

김 : 이제 곧 단풍이 들기 시작하겠지 ?
金 :　現在該是進入楓紅時節了吧？

박 :　그래 , 다음 주말에 우리 여행이나 가자 .
朴 :　是啊，下個周末咱們去旅行吧！

쌀쌀하다	冷颼颼的	들기 시작하다	開始進入
해지다	變得～	- (이) 나	表「選擇」的助詞
그래서 그런지	不知是否如此一來～		
식욕	食慾		

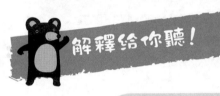

解釋給你聽！

그래서 = 그리 하여서
如此一來、因此～

그런지 = 그러 한지

그러하다是「那樣」的意思，- ㄴ지是表示「疑問、不確定」的接續形語尾

「들기 시작 하겠지？」中「겠」表示「推測」，「지」表「反問」，意思是「該是已進入～（季節）了吧？」

우리 여행이나 가자 .
我們去旅行或什麼的吧！

- 이나
表示「選擇」

補充語彙

韓國的節日

기념일 紀念日	의미 說明
1 월 1 일 정초	1 月 1 日：元旦——新年，1 月 1 日、2 日公休。
1 월 1 일 (음력) 설날	陰曆正月初一：陰曆新年，以祭祖的家庭典禮、特製的食物、傳統遊戲來慶祝。全家人團聚，親朋好友間相互拜年歡度佳節。陰曆初一、初二公休。
1 월 15 일 (음력) 대보름	正月十五日：元宵節。
3 월 1 일 삼일절	3 月 1 日：獨立運動紀念日——紀念 1919 年 3 月 1 日反抗日本殖民統治的獨立運動。
4 월 5 일 식목일	4 月 5 日：植樹節。
4 월 8 일 (음력) 석가 탄신일	陰曆四月初八：浴佛節——佛寺舉行莊嚴的儀式，紀念在印度誕生的佛祖，這天的慶祝活動在提燈籠遊行中達到高潮。
5 월 5 일 어린이 날	5 月 5 日：兒童節。
5 월 8 일 어버이 날	5 月 8 日：父母節。
6 월 6 일 현충일	6 月 6 日：顯忠日——1956 年起此日為追悼戰歿將士、慰勞遺族之日。
7 월 17 일 제헌절	7 月 17 日：制憲節——1948 年此日公布憲法。
8 월 15 일 광복절	8 月 15 日：光復節——1945 年 8 月 15 日，韓國從日本 35 年的殖民統治中解放出來，獲得獨立。

기념일 紀念日	의미 說明
8 월 15 일 (음력) 추석	陰曆 8 月 15 日：中秋或稱豐收節——這一天要擺設宴席，各家要在家族墓地舉行紀念儀式，晚上要共賞圓月。陰曆 8 月 14 日至 16 日公休。
10 월 3 일 개천절	10 月 3 日：開天節——是傳說中檀君於公元前 2333 年建國的日子。
10 월 9 일 한글날	10 月 9 日韓文節：1446 年 10 月 9 日世宗大王公佈 1443 年創制後，試用三年的「訓民正音」。
12 월 25 일 크리스마스	12 月 25 日：聖誕節——紀念耶穌誕生。

 翻成中文，再用韓語練習看看！

1. **입술이 없으면 이가 시리다 .**

2. **높은 나무에는 바람이 세다 .**

3. **엎친데 덮친다 .**

4. **모기 보고 칼 빼기 .**

5. **소귀에 경읽기 .**

8 무소식이 희소식이라니.

因為說無消息即喜消息。

죠안나 : 오늘도 빌리에게서 편지는 안 왔어 . 부모들이 기다
리는 줄도 모르고 편지를 안 하니 , 아마 빌리는 정신
없이 무슨 일을 하나 봐 .

喬安娜 : 比利今天也沒來信。連父母在等他消息也不知道，大概是胡
亂地在忙什麼事吧！

김 : 그렇지만 , 한국에는 무소식이 희소식이란 말이 있
으니 , 좀 안심이 되기는 한다 . 이 말은 소식이 없는
것이 오히려 낫다는 말이야 .

金 : 可是韓國有句話說無消息乃喜消息，也可有些安心。此話是
說無消息反而是好事。

죠안나 : 그런데 정말 이상해 . 빌리에게 무슨 사고라도 생겼
나 ?

喬安娜 : 可是，真奇怪。比利會不會有什麼事故發生呢？

김 : 그렇지만은 않을 거야 . 아마 바빠서 편지를 못 할거지 .

金 : 不會的啦。大概忙得無法寫信。

죠안나 : 그렇지만 아무리 바쁘다손치더라도 엽서 한 장 쓸 시간이 없을까 ?

喬安娜 : 但是，就算再怎麼忙，難道連寫一封明信片的時間也沒有嗎？

김 : 걱정말아 . 좀 더 기다려 봐 . 소식이 곧 올거야 .

金 : 不要擔心，再等等看吧。就會有消息的。

정신없이	精神恍惚、	생기다	發生、產生
	糊裡糊塗地	바쁘다손치더라도	就算是忙碌也~
오히려	反而	엽서	明信片
이상하다	奇怪		
- 라도	即使、就算		

解釋給你聽！

01

- 나 보다
表推測，有「可能、也許、大概」的意思

무슨 일을 하나 봐.
也許在做什麼事。

02

- 라도 / - 이라도 表讓步

애기라도 할 수 있다.
就是孩子也會做。

03

아무리 바쁘다손 치더라도
就算再怎麼忙也好……
其中 **- 다손**是一個接續形語尾，表示「就算是～」的意思，與**치다**連用，**- 더라도**是表讓步的連結語尾，有「即使、縱然」的意思

補充語彙

간호원 護士　　　　　　**공무원** 公務員
검사관 檢察官　　　　　**과장** 課長
경찰관 警官　　　　　　**광부** 礦工
계장 副課長　　　　　　**교사** 教師、老師

기사 工程師	**상인** 商人
기술자 技術人員	**어부** 漁民
노동자 工人	**역사가** 歷史學家
농부 農民	**연구원** 研究員
대리 代理	**외교관** 外交官
대표 代表	**음악가** 音樂家
목수 木工	**의사** 醫生
무용가 舞蹈家	**이발사** 理髮師
미용사 美容師	**이사** 理事
배우 演員	**전무** 專職、總經理
번역가 翻譯專職	**차장** 次長
법관 法官	**철학가** 哲學家
변호사 律師	**텔런트** 電視演員
부장 部長	**판사** 審判法官
사무원 職員	**학자** 學者
사장 (社長) 公司老闆	**화가** 畫家
사진사 攝影師	**회사원** 公司職員
상무 常務	**회장** 會長

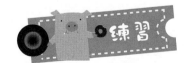 翻成中文，再用韓語練習看看！

1. 가까운 무당보다 먼데 무당이 영험하다 .
2. **두꺼비가 백조를 먹으려는 격 .**
3. 평소에 먹은 마음이 꿈에도 있다 .
4. **호랑이도 제 말하면 온다 .**
5. 호랑이 굴에 들어가야 호랑이 새끼를 잡는다 .

9 수저라니요?

你說匙筷？

빌리：	**한국 사람들은 식사 때 칼을 통 안 쓰는 것 같아요.**
比利：	韓國人好像吃飯完全不用刀的。
김：	**예, 우리는 수저만 써요.**
金：	是的，我們只用匙筷。
빌리：	**수저라니요?**
比利：	你說匙筷？
김：	**숟가락과 젓가락을 줄여서 수저라고 해요.**
	외국 사람들은 보통 한국음식이 맵다고 하는데 빌리는 어떠세요?
金：	湯匙和筷子簡稱匙筷。
	外國人一般都說韓國食物辣。比利你怎麼說？
빌리：	**별로 매운 것 같지 않아요.**
比利：	不怎麼辣的樣子。

김 : 　　김치도 맵지 않아요 ?

金 : 　　泡菜也不辣嗎？

빌리 : 　物론 어떤 김치는 맵지만 ......

比利 : 　當然有些泡菜是辣的。可是……

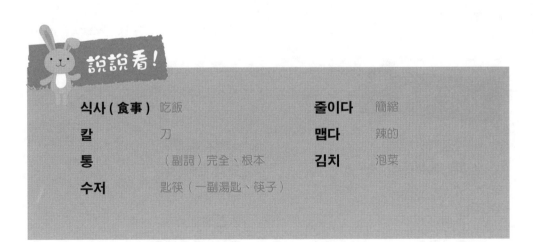

식사 (食事)	吃飯	줄이다	簡縮
칼	刀	맵다	辣的
통	（副詞）完全、根本	김치	泡菜
수저	匙筷（一副湯匙、筷子）		

解釋給你聽！

- ㄴ 것 같다

是一種表示推測、可能的句法，是「好像、似乎」的意思。表示對狀況之判斷

칼을 통 안 쓰는 것 같아.

好像完全不用刀似的。

맛이 좀 짠 것 같아.

味道好像有點鹹。

「수저라니요?」中라니 = 라고 하니，요是尊敬的語尾，라니表強調或反駁，此句作反問「你說수저啊？」

補充語彙

가격제시 報價	**구매자측** 買方
가격조회서 詢價單	**규격** 規格
가격흥정 議價	**근** 斤
거래액 貿易額	**농산물** 農產品
광산물 礦產品	**대부, 차관** 貸款

대외무역 外貿	**조회** 詢價、查詢
문의서 查詢文件	**종류** 種類
미화 , 달러 美元	**주문서** 訂貨單
보상무역 補償貿易	**지불하다** 支付
부속품 零件	**킬로그램 (kg)** 公斤
분할지불 分期付款	**톤** 噸
상표 商標	**파운드** 英鎊
생산비 成本、生產費	**판매자측** 賣方
설비 設備	**펜스** 便士
시세 行情、時勢	**품목번호** 品號
엔 日圓	**프랑** 法郎
외국자본 外資	**합자경영** 合資經營
유무상통 互通有無	**호혜평등** 平等互惠
이율 , 금리 利率	**홍콩달러** 港幣（元）
자금 資金	**화학공업품** 化工品
잘 팔리는 상품 暢銷貨	

 翻成中文，再用韓語練習看看！

1. 소리개도 오래면 꿩을 잡는다 .
2. **죽은 양반이 산 개만도 못하다 .**
3. 겨울이 다 되어야 솔이 푸른 줄 안다 .
4. **뛰는 놈 위에 나는 놈이 있다 .**
5. 외손뼉이 울랴 ?

10 산이 정말 많기도 해요 .

山也真多。

MP3 50

빌리 : 참 , 한국은 산이 많은 나라라더니 , 정말 많기도 해요 .

比利 : 真的，說韓國山多，也真多。

김 : 더구나 여기 강원도 지방은 평야가 없고 , 산과 산의 연속인 셈이지요 . 그래서 이 동부지방은 많이 발전하지 못했어요 .

金 : 尤其，這兒江原道地方沒有平野，只是山與山的連續而已。因此東部地方發展的較落後！

빌리 : 그래도 , 금강산이나 설악산 같은 경치 좋은 산이 있어서 , 잘 이용하면 좋을 텐데요 .

比利 : 即使如此，有了像金剛山、雪嶽山一樣景緻美的山，好好利用的話會很好的。

김 : 그렇지요 . 지금 우리가 가는 설악산에도 관광호텔을 세우고 길을 닦고 있다니까 . 머지않아 번화하게 될거에요 .

金 : 是啊，現在我們去的雪嶽山建了觀光飯店，築了大路，相信不久會繁榮的。

빌리 : 여기는 서남 지방에 비하여 비교적 나무가 많은 것 같군요 .

比利 : 這兒比起西南地方來，樹木比較多耶！

김 : 예 , 대관령에 가 보셨는지 모르지만 , 그런 데는 아주
나무가 빽빽하지요 .

金 : 是啊，不知道你去過大關嶺沒，那樣的地方樹木非常茂密。

빌리 : 예 , 스키장 있는 곳 말씀이군요 .

比利 : 喔，是指有滑雪場的地方吧！

김 : 가보신 일이 있어요 ?

金 : 你去過嗎？

빌리 : 예 , 작년에 한번 가보았어요 .

比利 : 是，去年去過一次。

說說看！

- 더니	表回想的敍述形，接續語尾，表示「根據」	설악산	雪嶽山
		세우다	建造、立、訂、訂立
더구나	尤其	길을 닦다	築路
평야	平原	머지않아	不久
연속	連續	번화 (繁華)	繁華、繁榮
셈 → 세다	數、算、算是～	비교적	比較上
그래도	是如此，但仍然～	대관령	大關嶺
(그러하다 + 어도)		빽빽하다	茂密的
금강산	金剛山	스키장	滑雪場

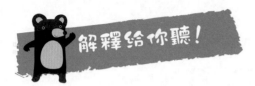

解釋給你聽！

- ㄴ 셈이지요 算的上是～

산과 산의 연속인 셈이죠.
算是山連山囉！

- ㄹ 셈이다 打算、想法

가지 않을 셈이냐? 不打算走嗎？

01

- ㄹ 텐데요 = - ㄹ 터인데요

其中터是一個形式名詞，是「打算、預計」的意思

좋을 텐데요. 會是好的、預計會好。

02

머지않아
不久、時間上不遠

머지않아 소식이 올 것이다.
不久會有消息。

머지않아 사실이 밝혀질 것이다.
不久會查明事實。

03

- 에 비하여 / - 에 비해서

比起（什麼）來，是表現比較與異同的句法

이것은 저것에 비하여 많이 비싸요 .
這個比那個貴的多。

서울은 부산에 비해서 인구가 많아요 .
首爾人口比釜山多。

補充語彙

가옥대장 房屋註冊簿	**상품대금** 貨款
계약 合同、合約	**서류** 文件
관세 關稅	**선복** 艙位
금액 金額	**선적항** 裝貨港
금융 金融	**세관** 海關
기한부 어음 遠期匯票	**세금 청구서** 納稅帳單
대출 借款	**세금납부증명서** 納稅證明
보상하다 賠償	**수속비** 手續費
보증금 押金	**수입품** 進口貨
보증서 保證書	**수출품** 出口貨
부가비용 附加費用	**아라비아 숫자** 阿拉伯數字

補充語彙

여금청구서 取款單	**차액** 差額
연체되다 過期	**창고** 倉庫
이율 利率	**총액** 總值
이자 利息	**판매확인서** 銷售確認書
인감증명서 印鑑證明	**팜플렛 (pamphlet)** 小冊
자동 이체 (移替) 自動轉帳	**품목 , 항목** 物品、項目
자동응답기 自動應答機	**합의하다** 協議
제정하다 制定	**해약하다** 解約、毀約
재산세 財產稅	**현금자동지급기** 提款機
적금 (積金) 儲蓄存款	**현금카드** 現金卡
조건 , 규정 條款	**협상** 協商
조항 條款	

翻成中文，再用韓語練習看看！

1. 외나무다리에서 만날 날이 있다 .

2. **그아비에 그아들 .**

3. 늑대는 늑대끼리 , 노루는 노루끼리 .

4. **늙어도 소승 젊어도 소승 .**

5. 그때는 그때고 , 지금은 지금이다 .

附録

附錄一、語彙索引

數字／英文

1(일) 주일　一週、一星期

1(한) 시간　一小時、一堂課

2(두) 시간　二小時、二堂課

2(이) 주일　二星期

2 인분　二人份、兩份

2 인분　兩份

3D TV　3D 電視

4 계절 (- 季節)　四季

5000 원어치 우표　五千元（價值）的郵票

5 만원어치 수표　五萬元的支票

CPU　中央處理器

DSLR　數位單眼相機

DVD 레코더　DVD 燒錄器

KBS TV　韓國廣播電視台

LCD TV　LCD 電視

LED TV　LED 電視

MBC TV　文化廣播電視台

PDP TV　電漿電視

SBS TV　首爾廣播電視台

SSD　固態硬碟

USB　隨身碟

ㄱ

가게　店

가격　價格

가격제시　報價

가격조회서　詢價單

가격흥정　議價

가까이　（ adv. ）近

가깝다　近的

가루　粉

가르치다　教

가스렌지　瓦斯爐

가슴　胸

가습기　加濕器

가옥（家屋）　房屋

가옥대장　房屋註冊簿

가을　秋

가을철　秋季

가져가다　帶走

가져오다　帶來

가족（家族）　家人

가지고 오다　帶來

간　肝

간단 (簡單) 하다　簡單的

간단한 , 단순한　簡單的、單純的

간장　醬油

간호원　護士

갈비　排骨

갈비탕　排骨湯

갈치　帶魚

감　柿子

감기들다　患感冒
감사 (感謝) 하다　感謝
갑자기　忽然
갑상선　甲狀腺
갖가지　各種各樣、種種
개다　晴朗、清除
개론서　概論書
개인택시　個人計程車
거기　那裡 (近)
거래액　貿易額
거리　街、馬路
걱정하다　擔心
건강에 좋다　對健康好
건강하다　健康
건물 (建物)　建築物
건조기　烘衣機
건조하다　乾燥 (的)
걷다　步行
걸리다　花費 (時間)
걸릴 걸 = 걸리다 + ㄹ 것을　會要花時間
검사관　檢察官
검사하다　檢查
- 게 하다　使動
게다가　再加上
겨울　冬
경 (傾)　左右
경고　警告
경제학 (經濟學)　經濟學
경찰관　警官

계란　雞蛋
계산대 (計算臺)　櫃台、收銀台
계시다　在、待
계약　合同、合約
계장　副課長
계절　季節
계획 (計畫)　計畫
고 싶다　想～
고급실　高級室
고기　肉
고려하다　考慮
고름　膿
고맙다 , 감사합니다　感謝、謝謝
고모　姑母
고모부　姑父
고사리　蕨菜
고정되다 , 확실히 , 꼭　固定、確實、一定
고추　辣椒
골　腦袋
공 CD　CD 光碟片
공 DVD　DVD 光碟片
공기청정기　空氣清淨機
공무원 (公務員)　公務員
공부 (功夫)　學習
공원 (公園)　公園
공유기　分享器
공중전화　公用電話
공책 (空冊)　筆記本
공항 (空港)　機場

과목 (科目) 課目

과속 超速

과식 (過食) 하가 食過量

과일 水果

과자 (菓子) / 비스킷 餅乾

과장 課長

관세 關稅

광부 礦工

광산물 礦產品

괜찮다 不要緊的、沒關係的

굉장하다 宏偉、巨大

교보문고 教保文庫

교사 教師、老師

교통경찰관 交通警察

교환국 總機

구경 (求景) 觀看、參觀

구두시험 (口頭試驗) 口試

구매자측 買方

국 湯

국수 麵條

국제전화 國際電話

군침이 돌게 하다 使 (我) 流口水

굵다 粗的、大的

굵은 파마를 하다 燙大捲

권 (卷) 本

귀 耳朵

귀여워해 주다 給予疼愛

규격 規格

그냥 就那樣

그다지 不怎樣～

그래도 (그러하다 + 어도) 是如此，但仍然～

그래서 因此

그래서 그런지 不知是否如此一來～

그래픽 카드 顯示卡

그러면 那麼

그럼 那麼

그렇게 那麼地

그렇다 那樣的

그렇지 是的、對的

그리고 然後、還有

그저께 前天

그저 그래 / 그저 그렇다 還好、過得去

근 斤

근육 筋肉

근처 (近處) 附近

글쎄 （感）是啊～（表不確定）

금 (金) 요일 星期五

금강산 金剛山

금년 / 올해 今年

금액 金額

금연 禁 (止吸) 菸

금융 金融

급하다 急

급하지 않다 不急

기다리다 等候

기사 工程師

기술자 技術人員

기침하다 咳嗽
기한부 어음 遠期匯票
기후 氣候
길 路
길을 닦다 築路
김치 泡菜
김치냉장고 泡菜冰箱
김치찌개 泡菜燉鍋
깍두기 泡辣蘿蔔塊
깎다 削
꽤 （副詞）頗～、怪～、相當地～
끝나다 結束、完了

ㄴ

- ㄴ 줄 모르다 不知道是～
- ㄴ 편 ～的一邊
나 (남자) 我（男子）
나이 年紀
나이가 많다 年紀大
나이를 먹다 年老、年紀大
나이프와 포크 刀和叉
나중에 以後
날씨 天氣
날씬하다 苗條
남동생 (男同生) 弟弟
낫다 好
낯선 사람 陌生人
냉면 冷麵
냉풍기 冷風扇

너무 太、過分
노는 날 (놀다 + 는 날)
遊玩的日子（假日）
노동자 工人
노인 老人
노트북 筆電
농부 農民
농산물 農產品
뇌 腦
누구 誰、某人
누나 , 언니 姊姊（男稱、女稱）
눈 雪、眼
눈물 眼淚
눈썹 眉毛
눈이 녹다 雪溶
뉴스 (news) 新聞
느낌 感覺
- 는 것 같다 像～一樣
늦다 遲的、晚的

ㄷ

다 왔다 到達
- 다고 하다 聽說
다리 腿
다리 아프다 腳痛
다리미 熨斗
다섯 살 / 오세 五歲
다섯 시 반 五點半
다음 주 下個星期

다음 학기 下學期

다이얼 撥號盤

단 (單) 只要

단단히 堅決地、堅實地

단오 端午

단풍 (丹楓) 楓

달걀 雞蛋

달다 (v.) 秤

달력 月曆

달빛 月光

닭고기 雞肉

닮다 , 비슷하다 像、相似

당기시오 請拉（往內）

대관령 大關嶺

대금 (代金) 款項

대단히 很、非常

대로 按照

대리 代理

대만 , 타이완 台灣

대부 , 차관 貸款

대외무역 外貿

대장 大腸

대접하다 招待

대출 借款

대표 代表

대표적인 代表性的

대한은행 (大韓銀行) 大韓銀行

댁 (宅) 府上、您

댁에 계시다 在家（敬語）

댄스 (dance) 跳舞

더구나 尤其

- 더니

表回想的敘述形、接續語尾、表示「根據」

더러 一些、有時

덕분에 託您的福、託福

덕택에 / 덕분에 託您的福、託福

덥다 → 더워요 熱的

도라지 桔梗

도시락 便當

도장 圖章

도착하다 到達

독서하다 讀書

돈 錢

돈을 내다 付錢

돈을 찾다 領錢

돌려 드리다 還給（敬語）

돌려주다 還給

동생 (同生) 弟弟（或妹妹）

돼지고기 豬肉

되도록 盡量、盡可能

된장 豆瓣醬

된장찌개 豆瓣醬燉湯（鍋）

드디어 終於

드라이 (dry) 乾

드라이어 吹風機

드럼세탁기 滾筒式洗衣機

듣고 보니 聽起來、一聽之下

들기 시작하다 開始進入

들어오세요　請進
등　背
등기 (登記)　掛號
등기표　登機票
디지털 캠코더 = 디캠　數位攝影機
따뜻하다　暖和的
따라가다　隨行、跟著走
따로　另外
딸　女兒
땀　汗
땅　地
때 , 시절 (時節)　時候
때로는　有時
떠나다　走、前往、離開、出發
똑바로　直直地
똥　糞、屎
뚱뚱하다　肥胖的

ㄹ

- ㄹ 줄 알다　知道做～的方法、會～
- ㄹ 테니까 (- ㄹ 타 + 이니까)
預計 (- 니까表理由)
- 라도　即使、就算
라디오 (radio)　收音機
램　記憶體
레이저 프린터　雷射印表機
렌즈　鏡頭
로봇청소기　機器人吸塵器
리모콘식　遙控式

ㅁ

마늘　蒜
마시다　喝
마우스　滑鼠
마음에 들다　稱心、合心意
마일 (mile)　哩
마침　正好
만나다　遇見、見面
만들다　裝、做
만물　萬物
만발 (滿發) 하다　盛開
만찬회　晚餐會
만큼　[依存名詞] 表原因、程度
맑다　晴朗的
맑은 날　晴天
맛　味道
맛 (이) 있다　美味、好吃
맞다　對、準、一致
맞다 , 옳다　對
맞선　面對面
맞선 보다　相親
맞은편　對面
맞추다　猜
맡기다
交～負責、給～處理、交託、委託
매우　很、非常
매일 (每日), 날마다　每天
맥주　啤酒
맵다　辣的

머리　頭、腦袋

머리를 감다　洗髮

머리카락　頭髮

머지않아　不久

먹구름　烏雲

먼저　先

먼지　灰塵

멀다　遠的

멀리　老遠（멀다的副詞形）

멋있다　美的、帥氣的

메모리카드　記憶卡

메신저　MSN

메인보드　主機板

며칠　幾天、幾日、幾號

며칠간 (- 間)　幾天以來

면도 (面刀) 하다　刮臉

면도기　刮鬍刀

면세　免稅

명동　明洞

명절 (名節)　節日

명절을 쇠다　過節

몇 년 , 몇 해　幾年

몇 명　幾名

몇 분 몇 초　幾分幾秒

몇 시　幾點鐘

몇월　幾月

몇 장　幾張

몇 층　幾樓

모니터　顯示器

모두 , 총계 (總計), 합계 (合計)　全部

모레　後天

모르다、모릅니다　不知道

모르십니까 ?　不知道嗎 ?

모범택시　模範計程車

모임　集會、聚會

목　脖子、頸

목 (木) 요일　星期四

목도리 / 마후라　圍巾

목수　木工

몸무게 , 체중 (體重)　體重

몸이 아프다　身體不舒服

못하다　不能

무겁다　重的

무게　重量

무고 (無故) 하다　平安、安好

무궁화호　木槿花號

무덥다　悶熱的

무서워하다　害怕

무선랜 카드　無線網卡

무섭다　可怕的

무슨　什麼

무슨 말 , 무슨 이야기　什麼話

무슨 요일 (- 曜日)　禮拜幾、星期幾

무슨 일　什麼事

무엇　什麼

무용가　舞蹈家

무우 / 무　蘿蔔

무척 사랑하다　非常喜愛

무협　武俠	반년　半年
문고판 (文庫版)　袖珍版	반찬　菜餚、菜
문의서　查詢文件	받다　接受、得到
문화재 (文化財)　文化遺產	발　腳
물건 (物件)　東西	발가락　腳趾
물고기　魚	밥　飯
물론 (勿論)　當然	방 (房)　房間
뭘 = 무엇을　什麼	방금 (方今)　剛才
뭘 = 무얼 = 무엇을　（感嘆詞）表「強調」	방송 (放送) 하다　廣播
미리　事先	방영 (放映) 하다　放映
미시오　請推（往外）	배　肚子
미안 (未安) 하다　對不起	배　船
미용사　美容師	배　梨
미인　美人	배 (倍)　倍數
미장원 (美粧院)　美容院	배달원 (配達員)　投遞人員、郵差
미화 , 달러　美元	배드민턴　羽球
믹서기　調理機／攪拌器、攪拌機	배우　演員
	배우다　學習
ㅂ	배추　白菜
	배터리　電池
바뀌다　被改變	버스　公共汽車
바나나　香蕉	버스표　公共汽車票
바로　即、就是	번개　閃電
바르다　擦、塗抹	번역가　翻譯專職
바빠 (바쁘다 + 어)　忙	번잡 (繁雜) 하다　熱鬧
바쁘다　忙碌的	번화 (繁華)　繁華、繁榮
바쁘다손치더라도　就算是忙碌也~	번화 (繁華) 하다
바지　褲	（動詞）繁華、熱鬧
- 밖에 모르다　只會~	번화하다 / 혼잡하다　熱鬧
반갑다　高興的	

벌써부터 , 일찌기　早就
법관　法官
벗다　脫（衣）
벚꽃　櫻花
변하다　變
변호사　律師
별 ...... 없다　沒什麼特別的～
별로　特別
별로 - 지 않다　不怎麼～
보기　（보다的名詞形）看
보내다　送、遞交、寄
- 보다　（助詞）比～
보상무역　補償貿易
보상하다　賠償
보여 = 보이어 → 보이다
보다的使動、被動形
보이 (boy)　服務生
보증금　押金
보증서　保證書
보통　普通、平常
복숭아　桃子
복잡 (複雜) 하다　擁擠
복합기　複合機
본격적 (本格的)　正式地
봄철　春季
뵈다 / 보이다　使看、被看
부가비용　附加費用
부산　釜山
부속품　零件

부장　部長
부치다　寄送
분명 (分明) 하다 , 뚜렷하다　分明
분할지불　分期付款
불갈비　烤排骨
불고기　烤肉
불조심　小心火災
붐비다　擁擠的、充滿的
붙이다　貼
블랙 (black)　黑
블루레이　藍光
블루투스　藍牙
비　雨、掃帚
비교적　比較上
비교 (比較) 하다　比較
비둘기호　鴿子號
비롯하다　開始、以～為首
비바람　風雨
비슷하다 , 별 차이 없다
相似、無甚差別
비싸다　貴的
비율　比率
비치다　照
비행기표　機票
빈대떡　綠豆煎餅
빌려간　借走的
빠르다　快的
빨간색　紅色
빨갛다　紅色的

빨라 (빠르다 + 아)　快的
빵　麵包
빽빽하다　茂密的
뼈　骨頭

ㅅ

사과　蘋果
사과 (謝過) 하다　道歉
사다　買
사랑스럽다 , 귀엽다　可愛的
사무실 (事務室)　辦公室
사무원　事務員、職員
사범대학교 (師範大學校)　師範大學
사업　事業
사용중　使用中
사이즈 (size)　尺寸
사장[社長]　公司老闆
사전 (事前)　事先
사진 (寫眞)　照片
사진기 (寫眞機)　相機
사진사　攝影師
사철　四季
사촌　堂兄弟、姊妹
사탕　白糖、糖果
사흘　三天
산뜻하다　新鮮的
산책 (散策) 하다　散步
살찌다　長胖
삼촌　叔叔

상관없다 , 괜찮다　沒關係
상당 (相當) 히　相當
상무　常務
상업　商業
상인　商人
상점　商店
상쾌하다　爽快的
상표　商標
상품대금　貨款
새롭다　新的
새마을호　新村號
새우　蝦
새해　新年
색깔 , 색　顏色、色
생각하다 , 여기다　想、認為
생각하다 , 그리워하다　思念、懷念
생강　薑
생기다　發生、產生
생산비　成本、生產費
생선 (生鮮)　魚
생식기　生殖器
생일 (生日)　生日
샴페인　香檳酒
서두르다　趕快
서류　文件
서양요리　西餐
서울역　首爾車站
서점　書店
서행　慢行

석가 탄신일　釋迦誕辰日
선물　禮物
선복　艙位
선약 (先約)　先約
선적항　裝貨港
선풍기　電扇
섣달그믐　除夕
설　舊曆年
설비　設備
설악산　雪嶽山
설탕 (雪糖)　白糖
성탄절　聖誕節
성함 (姓銜)　姓名
세관　海關
세관원　海關人員
세금 (稅金)　稅金
세금 청구서　納稅帳單
세금납부증명서　納稅證明
세금을 물다　繳稅、付稅
세다　(v.) 數
세배 (歲拜) 하다　拜年
세어 보다　數數看
세우다　建造、立、訂、訂立
세탁기　洗衣機
세탁소 (洗濯所)　洗衣店
센치미터 (cm)　公分
셈 → 세다　數、算、算是~
셔츠 / 샤쓰 (shirt)　襯衫
소개 (紹介) 하다　介紹

소금　鹽
소나기　陣雨、驟雨
소매　零售
소변 / 오줌　尿
소생 (蘇生) 하다　回復生氣
소장　小腸
소포　小包、包裹
속달 (速達)　快遞
속도　速度
속도제한　限速
손　手
손가락　手指
손님　客人
손목　手腕
송편 (松片)　糕的一種
쇠고기　牛肉
쇠다　過 (年、生日、節日)
쇼핑　購物
수 (水) 요일　星期三
수리중　修理中
수박　西瓜
수속비　手續費
수업 (授業)　課
수업이 없다　沒課
수업이 있다　有課
수업하다　上課
수염　鬍鬚
수영 (水泳)　游泳
수원　水原

수일내 [수일래]　數日內
수입품　進口貨
수저　匙筷（一副湯匙、筷子）
수출품　出口貨
수화기　聽筒、耳機
수화자 부담　對方付款
수확　收穫
숙모　嬸嬸
순 실크　純絲
숟가락　勺子、湯匙
술　酒
술안주　下酒菜
술잔　酒杯
숨 쉬다　呼吸
숫자　數字
쉬　快快的、一下子
쉬다　休息
쉬운　容易的
쉽게　容易地
쉽다　容易的
스마트 TV　智慧型電視
스마트폰　智慧型手機
스무 살 / 이십세　二十歲
스캐너　掃描器
스키장　滑雪場
스피커　喇叭
습기　濕氣、潮濕
승객　乘客
승차　乘車

시금치　菠菜
시내전화　市內電話
시세　行情、時勢
시외전화　市外電話
시원하다　涼快的
시월　十月
시월 일 일　十月一日
시작 (始作) 하다　開始
시중 (市中)　市場
시청 (視聽) 하다　收看、收聽
시키다　點（菜等～）、使喚
식당 (食堂)　餐廳
식당차　餐車
식사　吃飯
식사표　餐券
식욕　食慾
식초　醋
신고하다　申告、申報
신라 (新羅)　新羅
신라반점　新羅飯店
신선로　火鍋（神仙爐）
신장　腎臟
신정 (新正)　新曆年
신호등　信號燈
실례 (失禮)　失禮
실례 (失禮) 하다　失禮
싫다　不好的、討厭的
싫어하다　討厭、不喜歡
심리학 (心理學)　心理學

심사숙고 (深思熟考) 하다　深思熟慮
심장　心臟
십오층　十五樓
십이지장　十二指腸
싸게 하다　算便宜些 (게為副詞形語尾)
싸다　包、便宜的
쌀쌀하다　冷颼颼的
쓸개　膽

ㅇ

아 , 그랬군요 !　啊、原來是這樣！
아가씨　小姐
아들　兒子
아라비아 숫자　阿拉伯數字
아마　大概
아무렇다　怎麼樣、任何的
아무튼　無論如何
아버지　（父親）爸爸
아십니까 ?　知道嗎？
아이 , 애기　小孩
아저씨　叔叔
아주 , 대단히 , 매우 , 상당히
很、非常、相當
아직도　仍然、還是
아침　早晨、早飯
안 되겠다　不行
안개　霧
안내 (案內)　指導
안내책 (案內冊)　指南

안내서 (案內書)　指引書、指南
안녕 (安寧)!　你好、再見！
알다 , 압니다　知道
알려 주다 , 알려 드리다　奉告
알리다　使知
알아내다　認出、看出
야 하다　應該、必須
야구 (野球)　棒球
야채　蔬菜
양고기　羊肉
양력을 따르다　按陽曆（過節）
양장　洋裝
어 두다　～好了
（助動詞，表動作結果的保持）
어 보다　試試
어 , 야 , 아니
喔、呀！（喂）、喔不（真是的）
어깨　肩、肩膀
어느 분야 (分野)
哪一方面、哪一行、什麼領域
어느곳 , 어느 지방　什麼地方、哪個地方
어디　哪裡
어떤 (어떠한)　如何的
어떻게 (어떠하게)　如何
어떻다 , 어떠하다　如何的
어렵게　困難地
어렵다　困難、不容易
어르신　大人、長輩
어린이 , 꼬마　幼兒

어머 / 어머나　（驚嘆語）哎喲、天哪

어머니　（母親）媽媽

어부　漁民

어야지　得要、必須

어울리다　（어우르다之被動形）
調和、適合、相稱

어쩌면 = 어찌하면
怎麼、如何一來的話

- 어치
表相當於若干錢數的～（東西）

어휴　（感嘆詞）呵唷、哇

언제　何時

언제든지 / 아무 때나　無論何時

얼굴　臉、面孔

얼마　多少

없다　無

엉덩이　屁股

- 에 살다　住在～

에어컨　冷氣

엔　日圓

여권　護照

여금청구서　取款書

여기　這裡

여느때　平常的

여동생（女同生）　妹妹

여러가지　各種

여름　夏

여태까지 / 지금까지　迄今

역（驛）　車站

역사　歷史

역사가　歷史學家

역사류 컬럼 (column)　歷史類專櫃

연구원　研究員

연극（演劇）　話劇

연락（聯絡）하다　聯絡

연말 대바겐쎄일 (年末 bargain sale)
年終大減價

연속　連續

연속극（連續劇）

연체되다　過期

열쇠　鑰匙

염려（念慮）　在意、擔心

엽소　明信片

영동（永洞）　永洞

영리한 , 똑똑한　伶俐的、聰明的

영하　零下

영화（映畫）　電影

예금　存款

예금 청구서　取款單

예년　往年

예를 들면　舉例的話、例如

예매하다　預買、預購

예약하다　預約

예전　以前、過去

오디오　音響

오락（娛樂）　娛樂

오래　久、長時間

오른쪽 / 바른쪽　右邊

오븐　烤箱

오이　黃瓜

오줌　尿、小便

오촌조카　堂姪

오촌질녀　堂姪女

오후 (午後)　下午

오히려　反而

온도계　溫度計

왁스 (wax)　髮蠟

완전 (完全)　完全

완행버스　慢速巴士

왕릉 (王陵)　王陵

왕복　往返、來回

왕복 (往復)　來回

왜　為何

왜냐하면　因為

외교관　外交官

외국자본　外資

외사촌　表兄弟、姊妹

외삼촌　舅舅

외숙모　舅母

외장하드　外接硬碟

외투　外套

외할아버지 （外祖父）外公

외할머니 （外祖母）外婆

왼쪽　左邊

요금　費、費用

요금 (料金)　費用

요리 (料理)　菜

요 며칠　這幾天

요새　近來

요일 (曜日)　星期、禮拜

우기　雨季

우등버스　優等公共汽車

우박　冰雹

우산　雨傘

우수한 , 멋있는　優秀的、帥的

우유　牛奶

우편 요금 (郵便料金)　郵資

운동 (運動) 하다　運動

운전수　司機

움직이다　移動

원격조종식　遙控式

원 (願) 하다　喜歡

월 (月) 요일　星期一

웬　何來、怎麼、哪來的

위　胃

위험　危險

유난히　特別地

유명 (有名) 하다　有名的

유무상통　互通有無

유물　遺物

유방　乳房

유심 (留心) 히　留意地

유월　六月

유익하다　有益的

유적 (遺跡)　遺跡

- (으) 면서　[連結語尾] 一面～一面～

음력을 지키다　遵守陰曆
음료　飲料
음악가　音樂家
의사　醫生
이　牙齒
- (이) 라고 하다　叫做～
- (이) 야말로　[助詞]這才是～
이어폰　耳掛式耳機
- (이) 나　表「選擇」的助詞
이따　待會兒
이따가　待會兒、以後
이르다　早的
이름　名字
이마　額頭
이모부　姨父
이모　姨母
이발사　理髮師
이번 주 , 금주　這個星期
이번 학기　這學期
이사　理事
이상　以上
이상하다　奇怪
이어폰　耳掛式耳機
이율 , 금리　利率
이자　利息
이전　以前
이제　現在、此時
이종 조카　外甥、外甥女
익다　熟、熟練 (的)、熟悉 (的)

인감증명서　印鑑證明
인구　人口
인기 (人氣)　人望、名氣
인사 (人事)　問候、致意
인사 (人事) 하다
問候、寒暄、打招呼、鞠躬
인삼차　人參茶
인쇄중 (印刷中)　印刷中
인천　仁川
일 (日) 요일　星期日
일기예보 (日氣預報)　天氣預報
일반실　普通室
일어나다 , 기상하다　起床
일장춘몽 (一場春夢)　一場春夢
일찍　早
일품 (一品)　一品、一等的
일하다　做事
읽다　唸
입　嘴、口
입술　嘴唇
있다　有
잉크　墨水匣
잉크젯 프린터　噴墨印表機

ㅈ

자금　資金
자다　睡
자동 이체 (移替)　自動轉帳
자동응답기　自動應答機

335

자동차　汽車
자루　枝、把
자르다　剪、砍
자전거　自行車
자정(子正)　午夜 12:00
자주　經常
자체(自體)　自身、本身
작은아버지　叔父
작은어머니　嬸母
잘　好好地、充分地
잘 생기다　長得好
잘 팔리는 상품　暢銷貨
잘못　錯誤
잠깐(暫間)　暫時、一下、一會兒
잠깐만　只一會兒
잠시 후　待會兒
잡수시다　吃(먹다的敬語)
장　腸
장거리전화　長途電話
장맛비　霪雨
장마철　雨季
장사　生意
재다　秤、量
재미있다　有趣的
재미있다, 흥미있다　有趣
재봉틀　縫紉機
재산세　財產稅
재판(再版)　再版
저기　那裡(遠)

저녁　傍晚、晚餐
저울　磅秤
저자(著者)　作者
저쪽　那邊
저희 집　我們家
적금(積金)　儲蓄存款
전기매트　電熱毯
전기밥솥　電子鍋
전기포트　電熱水壺
전동칫솔　電動牙刷
전무　專職、總經理
전문 분야의　專門領域的
전번(前番)/지난번　上次
전야　前夜
전자레인지　微波爐
전통(傳統)　傳統
전통적　傳統的
전해주다　轉達、傳達
전화기　電話
절기　節氣
젊다　年輕的
점심(點心)　午餐
젓가락　筷子
정가　定價
정도(程度)　左右
정류장　車站、停車場
정말　真的、真話
정신없이　精神恍惚、糊裡糊塗地
정오(正午)　中午 12:00

정원 (庭院)　庭院	주　週
정지　停止	주무시다　睡 (敬語)
정찰 (正札)　標籤	주문서　訂貨單
정확히　正確地	주사를 맞다　（接受）打針
젖다　濕	주소 (住所)　住址
제모기　除毛刀	주스 / 쥬스　果汁
제법　頗、相當	주유소　加油站
제습기　除濕機	주음부호 (注音符號)　注音符號
제정하다　制定	주의할　要注意的～
제품 (製品)　產品	주차장　停車場
조건 , 규정　條款	죽다 , 돌아가시다　死、回去（逝世）
조금　一點點	준비 (準備) 하다　準備
조금 , 약간 (若干)　一些	줄을 서다　排隊
조금후 , 이따가　待會兒	줄이다　簡縮
조립 PC　組裝電腦	중간 고사 (中間考查 / 試驗)　期中考
조카　姪兒	중간에 끼어 서다　插隊
조카딸　姪女	중국　中國
조항　條款	중국요리　中餐
조회　詢價、查詢	중문과 (中文科)　中文系
종로 [종노]　鐘路	중요 (重要) 하다　重要的
종로 3 가 (鐘路三街)　鐘路三街（三段）	중한사전 (中韓辭典)　中韓辭典
종류 (種類)　種類	중형택시　中型計程車
종이 울리다　鐘聲響	즉석카메라　拍立得相機
좋다　好的	- 지 말다　別～、勿～
좋아지다　變好	- 지 않다　不～（表否定）
좋아하다　喜歡	지금　現在
좌석　座位	지난 주　上個星期
좌석버스　座席公共汽車	지난 학기　上學期
죄송하다　罪過、抱歉	지내다　過（日子）、經過

지방　地方
지불하다　支付
직원　職員
직접　直接
직행버스　直達（巴士）
진눈깨비　雨雪
진지　飯（**밥**的敬語）
질다　泥濘的、軟的、濕的
질은 길　泥濘路
짐　行李
집세　房租
집에 있다　在家
쬐다 / 쪼이다　照耀
찍다　照（相）、蓋（印）

ㅊ

차액　差額
차장　次長
참 묘하다 , 정말 공교 (工巧) 롭다
真妙、真是巧
창고　倉庫
책을 읽다 , 공부하다　讀書、學習
처음　初次
천고마비　天高馬肥
천둥　雷
천만　千萬
천만에　哪裡～
천천히　慢慢地
철도　鐵道

철학가　哲學家
철학사 (哲學史)　哲學史
청구서　請求書
청소기　吸塵器
체크인 (check in)　登記（上飛機／住宿）
초과하다　超過
초파일　陰曆初八（四月初八佛誕日）
초하루　初一（日）
총액　總值
최근 (最近)　最近
추석 (秋夕)　中秋節
추석 (秋夕), 한가위　中秋
축하하다　祝賀
춘련　春聯
춘추 (春秋)　年紀（敬語）
출근 (出勤)　上班
춥다 → 추워요　冷的
충분하다　充分、足夠
충전기　充電器
취근 (最近)　最近
칠 주의　注意油漆
침대차　臥鋪車

ㅋ

카페 (café)　咖啡館
칵테일　雞尾酒
칼　刀
칼라 , 천연색 (天然色)　彩色
커피　咖啡

커피라도　咖啡什麼的
커피메이커　咖啡機
케이스　機殼
코　鼻子
콩　豆子
크리스마스　X'mas
크림 (cream)　奶精
큰아버지　伯父
큰어머니　伯母
클리닝 (cleaning)　洗
키가 크다　身材高大
키보드　鍵盤
킬로그램 (kg)　公斤

ㅌ

타다　加、放、乘、騎
타블렛　平板電腦
탈수기　脫水機
탐사 (探査)　探勘、探查
태어나다 , 출생하다　出生
태풍　颱風
택시 (taxi)　計程車
터미널　終點站
턱　下巴、下巴頦
탤런트　電視演員
토 (土) 요일　星期六
토너　碳粉匣
토마토　番茄
톤　噸

통　（副詞）完全、根本
통일호　統一號
통통하다　胖嘟嘟的
통행금지　禁止通行
통화중　通話中（佔線）
퇴근 (退勤)　下班
특별 (特別) 히　特別地
특선 요리　特選料理（菜）
특징 (特徵)　特徵
튼튼하다　健壯、結實
틀림없이　沒錯、一定
틈　空間、空隙、空間、時間

ㅍ

파　蔥
파마 → 퍼먼넌트 = permanent wave
燙髮
파운드　英鎊
파워　電源供應器
판매자측　賣方
판매하다　販賣、銷售
판매확인서　銷售確認書
판사　審判法官
팔　胳膊
팔다　賣
팔리다 , 팔려나가다　被賣、賣完
팜플렛 (pamphlet)　小冊
페이지 (page)　頁
펜 (pen)　筆

펜스　便士
편리 (便利) 하다　便利
편히　平安地、舒適地
평소　平時
평야　平原
폐　肺
포기하다　拋棄
포도　葡萄
포장하다 , 싸다　包裝
폭풍우　暴風雨
푸르다　綠的
품 (品)　商品
품목 , 항목　物品、項目
품목번호　品號
풍성한　豐盛的
풍속 (風俗)　風俗
프랑　法郎
프로 / 프로그램 (program)　節目
프로그램　節目
프로젝터　投影機
프린터　印表機
피　血
피부　皮膚
피크닉 (picnic)　野餐

ㅎ

하기 시작하다　開始做
하늘　天空
하드 디스크　硬碟

하이킹 (hiking)　健行、徒步旅行
학교 다니다　上學
학기 (學期)　學期
학기말 시험 (學期末試驗)　期末考
학업　學業
학자　學者
한 살 먹었다　長了一歲
한 십 분　約十分鐘
한 잔 / 한 컵　一杯
한 (限)　表範圍、限度
한복　韓服
한어병음자모 (漢語拼音字母)
漢語拼音字母
한정식　韓式套餐
한참　一陣子
할 수 없다　無法、不會
할 수 있다　可以、會
할머니　祖母
할아버지　祖父
합의하다　協議
합자경영　合資經營
합하다　合計
항상 (恒常)　經常
항상 (恒常), 자주 , 늘　經常
해삼　海參
해약하다　解約、毀約
해지다　變得～
햇빛　陽光
행인　行人、路人

허락 (許諾)　允諾

허리　腰

허파　肺

헤드폰　頭戴式耳機

혀　舌頭

현금자동지급기　提款機

현금카드　提款卡

현재　目前、如今

혈관　血管

혈액　血液

협상　協商

형 , 오빠　哥哥 (男稱、女稱)

호기심　好奇心

호혜평등　平等互惠

혼선　短路

홈시어터　家庭劇院

홈페이지　網頁

홍수　洪水

홍차　紅茶

홍콩달러　港幣 (元)

화가　畫家

화 (火) 요일　星期二

화학공업품　化工品

회사원　公司職員

회장　會長

후추 (호추)　胡椒

훨씬　～得多

휴가　休假

흐르기 → 흐르다　流 (名詞形)

흐리다　陰的

흐린 날　陰天

흑백 (黑白)　黑白

흔하다　普通的、多的

흔한 성　多的姓

흡족 (洽足) 하다　滿意、滿足

흥정하다　討價還價

附錄二、練習之中譯

CH 1 基礎篇

（1）

1. 您好！上哪兒去？
2. 您好！我到學校去。
3. 您何時散步呢？
4. 早晨或傍晚散步。
5. 何時回家？

（2）

1. 有冷水嗎？
2. 有的，有冷水。
3. 沒，沒有冰箱。
4. 請給我（來杯）咖啡。
5. 請等一下。我拿給你。

（3）

1. 你早餐吃些什麼？
2. 晚餐幾點鐘吃？
3. 下午可能會下雪。
4. 託您的福，家人都平安。
5. 我再跟你聯絡。

（4）

1. 今天天氣不怎麼好。
2. 昨天下雪又颱風。
3. 天氣有點冷，外面下雪嗎？
4. 一下雪就變冷了。
5. 明天天氣會好吧？

（5）

1. 朴氏是韓國普遍的姓嗎？
2. 大約有五十歲了吧！
3. 在美國，問女子的年齡是不禮貌的。
4. 我以為更年輕呢！
5. 看不出來三十五歲。

（6）

1. 你每天幾點鐘在哪兒吃午飯？
2. 一塊兒去吃烤肉好嗎？
3. 要喝杯酒嗎？
4. 他喝了五瓶啤酒了。
5. 我什麼都很會吃喔！

（7）

1. 真的好久不見了，有多久了？
2. 你學中文有多久了？
3. 滿一年三個月了。
4. 這一次您要待多久？
5. 我想大約一個月。

（8）

1. 趕快去應該不會太晚。
2. 五點半整他來了。
3. 妹妹兩點十五分來到。
4. 他一上完課就回家去了。
5. 明天他一到，我就要出發。

（9）

1. 現在該是雨季了吧？
2. 好像不是雨季，因為時間還早。
3. 好像夏天到了似的。

4. 天氣變暖時我要再去。

5. 溫暖的春天一到，燕子就從南方返回。

（10）

1. 今天早晨是零下十九度。

2. 因為近來天氣常變之故。

3. 韓國冬季是何時開始？

4. 夏天海邊雖然好玩，但是太熱。

5. 在中國，除夕一到，新年氣氛就達到高
   潮了吧？

CH 2 交際篇

（1）

1. 你今天字寫得很好。

2. 你每天早晨練太極拳嗎？

3. 難怪她那麼苗條！

4. 昨天下了雨，運動場上不適合做運動。

5. 你那本書在哪兒買的？

（2）

1. 今天是誰的生日？

2. 真巧，今天是陳先生跟張小姐的生日。

3. 韓國的冬天比中國還冷嗎？

4. 我在首爾出生，住在暖和的釜山。

5. 韓國的氣候四季分明真好。

（3）

1. 我上禮拜二開始學，到今天才結束。

2. 好像下周一開始要考期中考。

3. 距離那麼遠，他會來嗎？

4. 飯都好了嗎？

5. 今天的韓語會話節目是幾點鐘廣播？

（4）

1. 金先生您家鄉是哪兒？

2. 首爾最近十年來漸漸繁榮了。

3. 您在哪裡上班？

4. 我還在大學唸書。

5. 你上哪所學校？

（5）

1. 哇，是你呀！真高興遇見你。

2. 託您的福，家人都過得好。

3. 真不容易見到他，發生了什麼事嗎？

4. 那本書很急，今天得帶來才行。

5. 別太客氣，請進來。

（6）

1. 這紅色圍巾多少錢一條？

2. 任何人都想買的便宜些。

3. 您想買什麼顏色的手套啊？

4. 這種顏色是我特別喜歡的顏色。

5. 這帽子顏色不好，價格也太貴。

（7）

1. 他也會說中國話嗎？

2. 他昨天開始在這兒學中文。

3. 中文學起來如何？

4. 真是不簡單啊！

5. 我認為注音符號比漢語拼音要容易讀。

（8）

1. 禮拜一、二你共有幾堂課？

2. 今天的課從上午十點到下午兩點。

3. 跟我差不多，我也有四堂課。

4. 最有趣的科目是哲學史。

5. 我在這兒還剩一堂課。

（9）

1. 這是他的最佳作品。
2. 他讀了許多武俠小說。
3. 玉姬創作了一件完美的藝術品。
4. 他的小說每部都是暢銷的。
5. 金小姐的作品既獲好評又受歡迎。

（10）

1. 我們家早就不看電視了。
2. 這是電視機還是收音機？
3. 你每天看電視教育節目嗎？
4. 我有時會聽收音機的廣播劇。
5. 我們家電視機壞了，很不方便。

（11）

1. 這張照片是誰的？
2. 這張照片跟你很像，所以我一下就認出來了。
3. 照片上爺爺右邊的那位是奶奶。
4. 這張照片是五十多年前的照片。
5. 我很懷念他們兩位老人家。

（12）

1. 誰比我更高呢？來比看看吧！
2. 她一定比我還重一些。
3. 聽說他很聰明又長得帥。
4. 我不喜歡他，請讓我再考慮考慮。
5. 比你稍胖一些沒什麼關係。

（13）

1. 我也要往那兒去，一起走好嗎？
2. 那座廟太遠了，我們到別的名勝去吧！
3. 天氣很好，要不要一起去哪兒走走啊？
4. 我想搭飛機到濟州島去看看。
5. 外婆家遠在連坐火車也得走一陣子的地方。

（14）

1. 昨天早晨你跟誰一起散步？
2. 昨天早晨我獨自走了一個小時左右。
3. 借問要去大韓銀行該怎麼走？
4. 請順著這條路走五分鐘再問問看。
5. 有往那個地方去的巴士嗎？

（15）

1. 這班火車傍晚七點半出發，晚上十二點半會到達釜山。
2. 我要去車站送你。
3. 車票售票處在哪兒？
4. 要自助旅行的話事前該做什麼樣的準備？
5. 偶爾出外清醒一下頭腦也是有許多幫助的。

CH 3 場景篇

（1）

1. 你家在哪兒？
2. 從首爾到台北搭飛機要多少時間？
3. 你家附近有地鐵站嗎？
4. 搭地鐵比搭巴士更方便嗎？
5. 巴士價格比地鐵更便宜嗎？

（2）

1. 你喜歡旅行嗎？
2. 有預約過飯店房間嗎？
3. 旅行主要是何時成行呢？
4. 自助旅行出發前得做足各種準備才行吧？
5. 自助旅行的話，去多久最為恰當呢？

（3）

1. 你去過韓國餐館嗎？
2. 韓國料理中你最喜歡的是什麼？
3. 早餐主要吃什麼？

4. 午餐通常在哪兒吃？

5. 晚餐一般幾點吃呢？

（4）

1. 去郵局主要做些什麼？

2. 用包裹寄禮物的經驗，你有嗎？

3. 郵件掛號有什麼好處呢？

4. 現在人們為何比以前少寫信了呢？

5. 國際電話在哪兒都可以打嗎？

（5）

1. 去銀行主要做什麼？

2. 沒有提款卡到銀行領錢的話，得怎麼辦呢？

3. 為什麼金額數字必須用韓文寫呢？

4. 銀行的兩項主要業務是什麼？

5. 要在銀行借錢的話需要哪些必要的文件呢？

（6）

1. 購物時你主要是去百貨公司還是傳統市場？

2. 購物時你常討價還價嗎？

3. 買新衣時你試穿了嗎？

4. 買鞋時只說尺寸號碼就可以嗎？

5. 大量訂購的話可有多少折扣？

（7）

1. 生魚片您嚐過嗎？味道如何？

2. 偶爾吃，清爽可口。

3. 剛從海中抓起來的很新鮮，所以要好吃的多。

4. 光看也會引起食慾呢！

5. 比起中國菜來，韓國菜是比較清爽的。

（8）

1. 你離開故鄉已經幾年了？

2. 人若離開社會就無法活下去吧？

3. 他一接到電話就跑出去了。

4. 據說慶州是因新羅的遺蹟而有名吧？

5. 你有空的時候偶爾也去戲院嗎？

（9）

1. 洗衣服時你是委託洗衣店嗎？

2. 曾經帶著要洗的衣服到河邊去洗嗎？

3. 你曾用洗衣棒洗衣服嗎？

4. 家附近有洗衣店嗎？

5. 泳衣也用洗衣機洗嗎？也用烘乾機嗎？

（10）

1. 你有常去的茶館／咖啡館嗎？

2. 學校周邊茶館／咖啡館多嗎？

3. 去茶館／咖啡館主要點些什麼呢？

4. 與朋友見面時約在茶館／咖啡館嗎？

5. 要飲茶或喝咖啡時一定會去茶館／
   咖啡館嗎？

（11）

1. 你感冒時如何處置？

2. 肚子痛的時候就到藥房去買藥吃嗎？

3. 你住過院嗎？因何病而住院呢？

4. 平時做什麼運動，做多久呢？

5. 什麼運動對健康最有幫助？

（12）

1. 與其說天氣暖和，不如說是天氣熱。

2. 既然那麼想吃紫菜包飯，請你就去買回來
   啊！

3. 因為沒時間了，風景僅僅觀看了十分鐘而已。

4. 你韓語實力比以前好很多了。

5. 韓國的公休日有哪些？

（13）

1. 你常去書店嗎？主要讀哪些方面的書呢？
2. 你若見到那位朋友請代我向他問好。
3. 平常你算是運動做得多的人嗎？
4. 近來蔬菜不僅價錢貴，品質還不好。
5. 有值得一讀的小說的話，請介紹給我。

（14）

1. 你頭髮真光鮮喔，什麼時候理了髮？
2. 你多久洗一次頭呢？
3. 一閉上眼聽音樂的話，好像解了一天的疲勞似的，對吧？
4. 那個時候老是一有好電影上映就會去看。
5. 你要理髮的時候，都到常光顧的店找熟的師傅理嗎？

（15）

1. 把頭髮挽上去的話，頸線很漂亮喔！
2. 有消息出來說下個月起要加薪了。
3. 放假不一定要出去玩對吧？
4. 美容師說穿韓服的話，頭髮要怎樣才合適啊？
5. 偉大的人物中幼年時家境困苦的很多。

CH 4 口語體해與해요應用篇

（1）

1. 目不識丁。
2. 隔牆有耳。
3. 無風不起浪。
4. 根深之木不傾。
5. 貪心不足蛇吞象。

（2）

1. 勿以惡小而為之。
2. 欲速則不達。
3. 萬丈高樓平地起。
4. 行而後得。
5. 種瓜得瓜，種豆得豆。

（3）

1. 合力勝於獨力擔。
2. 成年不記少時拙。
3. 善泳者溺。
4. 上行下效。
5. 百聞不如一見。

（4）

1. 要怎麼收穫，先那麼栽。
2. 民以食為天。
3. 近在眼前，遠在天邊。
4. 天無絕人之路。
5. 日新月異。

（5）

1. 表裡不一。
2. 雞蛋裡挑骨頭。
3. 吃碗內看碗外。
4. 掩耳盜鈴。
5. 自食其果。

（6）

1. 食之無味棄之可惜。
2. 亡羊補牢。
3. 虎毒不食子。
4. 初生之犢不畏虎。
5. 言多必失。

（7）
1. 唇亡齒寒。
2. 樹大招風。
3. 屋漏偏逢連夜雨。
4. 小題大作。
5. 對牛彈琴（牛耳誦經）。

（8）
1. 遠來的和尚會念經。
2. 癩蝦蟆想吃天鵝肉。
3. 日有所思，夜有所夢。
4. 說曹操，曹操就到。
5. 不入虎穴焉得虎子。

（9）
1. 熟能生巧。
2. 好死不如賴活。
3. 歲寒知松柏，患難見真情。
4. 人外有人，天外有天。
5. 一個巴掌拍不響。／孤掌難鳴。

（10）
1. 冤家路窄。
2. 有其父必有其子。
3. 物以類聚，人以群居。
4. 老也是小僧，少也是小僧。
5. 此一時彼一時也。

附錄三、韓國行政區域

　　韓國主要行政區域為「釜山、大邱、大田、光州、仁川」五大直轄市，並有「京畿道、江原道、忠清南道、忠清北道、全羅南道、全羅北道、慶尚南道、慶尚北道、濟州道」九個道，及一個特別市，即「首爾特別市」。

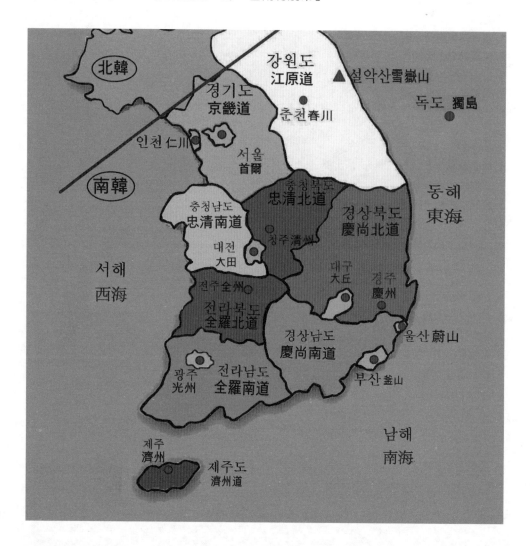

附錄四、韓國政府組織

韓國政府部門：

企劃財政部（기획재정부）

教育科學技術部（교육과학기술부）

國土海洋部（국토해양부）

文化體育觀光部（문화체육관광부）

環境部（환경부）

外交通商部（외교통상부）

女性家族部（여성가족부）

行政安全部（행정안전부）

保健福祉部（보건복지부）

知識經濟部（지식경제부）

法務部（법무부）

雇傭勞動部（고용노동부）

國防部（국방부）

統一部（통일부）

農林水產食品部（농림수산식품부）

韓國行政機關：

2 院	監查院‧國家情報院
15 部	企劃財政部‧教育科學技術部‧統一部‧外交通商部‧法務部‧國防部‧行政安全部‧文化體育觀光部‧農林水產食品部‧知識經濟部‧保健福祉部‧環境部‧雇傭勞動部‧女性家族部‧國土海洋部
2 處	法制處‧國家報勳處
18 廳	國稅廳‧關稅廳‧調查廳‧統計廳‧氣象廳‧檢查廳‧兵務廳‧防衛事業廳‧警察廳‧消防防災廳‧文化財廳‧農村振興廳‧山林廳‧中小企業廳‧特許廳‧食品醫藥廳‧海洋警察廳‧行政中心複合都市建設廳
3 室	總統辦公室‧國務總理辦公室‧特任長官室
6 委員會	放送通信委員會‧國家科學技術委員會‧公平交易委員會‧金融委員會‧國民權益委員會‧原子能安全委員會

附錄五、
韓國的學制及現行教育制度的特色

　　韓國政府成立（1948.8.15）以後，建立的學制是幼稚園 2 年，國民教育 6 年，初中 3 年，高中、高職 3 年，大學 4 年，研究所 2 年。國民教育為義務教育，在李承晚大統領執政的 12 年內建立了教育自治體制，在各道、市、郡設立教育委員會，以制訂該地區的教育政策，監督有關之教育機構。1952年選出了各地區的教育委員，再由委員選出了教育監，為地區之最高教育首長。在朴正熙大統領執政的 18 年（1961 ～ 1979）間屢經改策，使教育配合國家建設，其教育主管機關在中央為文教部，在道為教育委員會，在市、郡為教育長。1969 年廢除了初中升學考試制度，分階段實施初中義務教育。凡國小畢業志願升學者以抽籤方式分發至規劃好的學區內國中就讀。1985 年起擴大實施九年義務教育，「文教部」於 1990 年 12 月 27 日改為「教育部」。2001 年 1 月 29 日又改組為「教育人的資源部」。2008 年 2 月 29 日起又將之併入「教育科學技術部」，教育部因而變成了教育科學技術部。文化、體育則與觀光合併為文化體育觀光部。

　　韓國現行教育制度中，筆者認為有 4 項令人注目的特色：

第一、振興國民體育，重視體育教育。由「體育部」主辦了 1986 年的亞運，1988 年又主辦第 24 屆奧運會，不僅提高了其國際地位，並且展現了國民的體能實力。

第二、消除惡性補習，促使教育正常化。高中入學亦採抽籤制，1974 年開始試辦，迄 1980 年全國已有 28 個都市實施高中免試抽籤入學，消除了為投考一流明星高中而上補習班之風氣，導正了中學校的教育。唯大學入學考試仍競爭激烈。

第三、獎勵體育、音樂、美術、舞蹈等藝能方面的優秀人才。入學考試時特別列入應考科目，入學之後更給予各種優待，如獎學金、免學雜費、免費住宿以及畢業後工作之保障等優惠。使得各方面人才倍出並各自發揮所長。

第四、切實推行倫理道德教育。自小三至國三設立公民教育課程，稱之為道德課程，在小學裡教育學生公共道德、禮義、固有的文化，要學生立大志、守本分、過合理的生活。中學一、二年講授人類與社會、生活倫理、守法與秩序、北韓的現況；人生與幸福、尊重人格與禮節、國土開發與資源活用、共產國家的政治與經濟等內容。中三講授生活的態度、共同體的生活、發展民主政治、統一的意義與政策等課程內容。高中與大學的公民教育稱為「國民倫理」。高中教科書內容包括青少年的自覺、生活的銳志、民族的倫理傳統、現代社會與倫理、國家與倫理、北韓的實情及統一祖國、世界中的韓國等。大學用韓國國民倫理學會編印的教材，要修 4 個學分課程，前半為現代社會與國民倫理，後半為現代政治與國民倫理。由此可見他們多麼注重國民倫理與道德教育。韓國也因此建立起良好的社會秩序，善良的社會風氣，國家也更進步發展。

國家圖書館出版品預行編目資料

韓國人天天說的生活韓語 / 王俊著 --初版--
臺北市：瑞蘭國際，2013.06
352面；17公分×23公分.（繽紛外語系列；23）
ISBN 978-986-5953-36-2（平裝）
1.韓語 2.會話
803.288   102008774

作者｜王俊

責任編輯｜周羽恩、呂依臻、王愿琦／校對｜王俊、周羽恩、呂依臻、王愿琦

韓語錄音｜金玟、梁允豪／錄音室｜采漾錄音製作有限公司

封面、版型設計｜劉麗雪／插畫｜614、吳孟珊

董事長｜張暖彗／社長兼總編輯｜王愿琦／副總編輯｜呂依臻

副主編｜葉仲芸／編輯｜周羽恩／美術編輯｜余佳憶

企畫部主任｜王彥萍／業務部主任｜楊米琪

出版社｜瑞蘭國際有限公司／地址｜台北市大安區安和路一段104號7樓之一

電話｜(02)2700-4625／傳真｜(02)2700-4622／訂購專線｜(02)2700-4625

劃撥帳號｜19914152 瑞蘭國際有限公司／瑞蘭網路書城｜www.genki-japan.com.tw

總經銷｜聯合發行股份有限公司／電話｜(02)2917-8022、2917-8042

傳真｜(02)2915-6275、2915-7212／印刷｜宗祐印刷有限公司

出版日期：2013年6月初版1刷／定價：360元／ISBN：978-986-5953-36-2